문학작가
어떻게
되었을까
?

꿈을 이룬 사람들의 생생한 직업 이야기 43편

문학작가 어떻게 되었을까?

1판 2쇄 펴냄 2023년 10월 25일

펴낸곳	㈜캠퍼스멘토
저자	김예솔
책임 편집	이동준 · 북커북
진행 · 윤문	북커북
디자인	㈜엔투디
커머스	이동준 · 신숙진 · 김지수 · 김연정 · 강덕우 · 박지원
교육운영	문태준 · 이동훈 · 박흥수 · 조용근 · 정훈모 · 송정민
콘텐츠	오승훈 · 이경태 · 이사라 · 박민아 · 국희진 · 윤혜원 · ㈜모야컴퍼니
관리	김동욱 · 지재우 · 윤영재 · 임철규 · 최영혜 · 이석기
발행인	안광배

주소	서울시 서초구 강남대로 557 (잠원동, 성한빌딩) 9층 (주)캠퍼스멘토
출판등록	제 2012-000207
구입문의	(02) 333-5966
팩스	(02) 3785-0901
홈페이지	http://www.campusmentor.org

ISBN 979-11-92382-09-8 (43800)

ⓒ 캠퍼스멘토 2022

· 인터뷰 및 저자 참여 문의 : 이동준 dj@camtor.co.kr

현직
문학작가들을
통해 알아보는
리얼 직업
이야기

문학작가
어떻게

writer

How did they become
Literary Writers?

되었을까?

CampusMentor
캠퍼스멘토

" 도움을 주신 문학작가들을 소개합니다 "

홍인혜 시인

- 현) 시인 / 수필가 / 카피라이터
- 전) 광고회사 TBWA Korea 국장
- 2018년 문예지 <문학사상> 시 부문 신인상 당선
- 한겨레, 국민일보 칼럼 연재
- 산문집 <고르고 고른 말> 출간
- 산문집 <혼자일 것 행복할 것> 출간
- 산문집 <지금이 아니면 안 될 것 같아서> 출간
- 이화여자대학교 심리학과 전공 / 국문과 부전공

전석순 소설가

- 현) 소설가
- 전) 김유정문학촌 상주작가
- 2008년 강원일보 신춘문예 단편소설 부문 당선
- 2011년 <오늘의 작가상> 수상
- 2011년 장편소설 『철수 사용 설명서』 출간
- 2016년 장편소설 『거의 모든 거짓말』 출간
- 2018년 중편소설 『밤이 아홉이라도』 출간
- 2020년 인문여행서 『춘천』 출간
- 2022년 소설집 『모피방』 출간
- 2020년 아르코문학창작기금 선정
- 평생교육진흥연구회 문예교육지도교사 자격증 취득
- 명지대학교 문예창작학과 졸업

정민아 여행작가

- 현) 여행작가 겸 유튜버
- 전) 웹/앱 콘텐츠 기획자
- 유튜브 www.youtube.com/ablestory (라니라니tube)
- 2018 『우리 다시 어딘가에서』 (미호) 출간
- 2016 『꿈꾸는 여행자의 그곳, 남미』 (미호)출간
- 2015 『함께, 다시, 유럽』 (미호)출간
- 2021 KBS 굿모닝 대한민국 라이브 <누워서 세계 속으로>출연 외 다수

이상민 인문학 작가

- 현) 이상민책쓰기연구소 대표
- 15년 차 전업 작가
- 유로저널을 통해 유럽 19개국에 한국을 대표하는 청년 작가로 소개
- 『나이 서른에 책 3,000권을 읽어봤더니』 포함 20여 권 책 출판
- 문화체육관광부 세종도서 선정 외 다수

이지니 수필가

- 6년 차 작가 (전자책 3권, 종이책 5권 집필)
- 전국 도서관 글쓰기 강의 진행 다수
- 전국 도서관 및 기업체 강연 진행 다수
- 서울예술대학교 극작과 졸업
- 전) m.net, mbc, sbs 방송작가
- 전) 중국어 비즈니스 통역사
- 전) 중국어 영상번역가
- 특이한 이력) kbs 20기 공채 개그맨 시험 경험

장도영 독립출판작가

- 현) 작가 및 N잡러
- 전) 현역 배구선수(총 10년)
- 경희대학교 스포츠지도학과 졸업 (2021)
- 평범한 일상, 그리고 따듯함(2021) 출간
- 나도 몰랐어, 내가 해낼 줄(2020) 출간
- 세계여행 총 23개국 61개 도시 여행(2019~2020)
- 배구로 세계를 만난다 프로젝트(2019~2020)
- 호주 워킹홀리데이 1년(2018~2019)

이 책의 구성

Chapter 2

문학작가의 생생 경험담

Chapter 3

예비 문학작가 아카데미

문학작가,

어떻게
되었을까
?

문학작가란?

문학작가란

문학은 언어를 통해 작가의 사상이나 감정을 전달하는 예술이다.

작곡가가 음악을 통해 자기 생각과 느낌을 표현하듯, 작가는 언어와 문자라는 형식을 통해 자기 생각을 담아낸다. 문학작가는 소설, 시, 수필, 희곡, 평론의 5대 장르의 문학작품을 창작하는 사람을 이른다. 여러 개의 장르를 함께 작업하는 작가도 있지만, 보통은 한 가지 장르에 주력한다. 그에 따라 소설가, 시인, 수필가, 희곡작가, 평론가 등으로 불린다.

- 출판이나 연극, 영화, 방송을 위한 문학작품을 창작하거나 소설, 시, 동화, 수필, 영화 시나리오, 연극 대본, 드라마 극본을 창작한다.
- 영화, 방송, 연극 제작을 위해 작품의 주제를 선택하고 내용에 따른 등장인물의 성격, 시대적 배경, 장소 등을 결정하고, 전개하는데 필요한 대사 내용, 동작 등을 구상한다.
- 각 장면의 특징에 따라 인물의 표정, 동작, 음향, 조명 등을 고려하여 시나리오와 극본을 작성한다.
- 작품을 창작하기 위하여 주제를 선정하고 관련 자료를 수집, 분석하고 작품을 쓴다.
- 시나리오를 재구성하기도 하고 문학작품, 희곡, 방송극 등을 각색(서사시, 소설 등의 문학작품을 희곡이나 시나리오로 고쳐 쓰는 일)하기도 한다.

출처: 커리어넷

문학작가가 되려면?

대학의 국어국문학과, 문예창작학과 등에서 관련 교육을 받으면 작가로 활동하는 데 많은 도움을 받을 수 있다. 관련 학과에 진학하면 다양한 작품과 작가를 분석하게 되고 습작 훈련을 통해 문장력, 표현력 등을 기를 수 있다. 그러나 제도적 교육보다는 작가적 자질을 스스로 키워나가는 노력이 더 중요하다. 이를 위해 평소 독서와 사색, 글쓰기 연습을 하고 다양한 경험을 쌓는 것이 필요하다.

문학작가로 활동하는 데는 여러 방법이 있다.

첫 번째는 각 신문사에서 개최하는 신춘문예에 당선하거나, 문예지에 글을 싣는 방법이다. 시인의 경우, 신춘문예는 12월 초부터 중순 정도까지 공모하며 3~5편 이상 접수한다. 신문사는 조선, 중앙, 동아, 한국일보 등이며, 당선과 함께 시인으로 등단할 수 있다. 당선자는 시, 소설, 평론 등 부분별 1명이고, 문예지도 매년 1~2회 신인상 제도를 운용한다.

다른 방법으로는 각종 기관에서 주최하는 문학대회에서 상을 받는 방법이다. 하지만 이 경우 등단으로 인정되지 않을 수 있으니, 신춘문예나 문예지 신인상을 준비하는 게 가장 현실적이다.

이밖에 출판사 등에서 개최하는 신인문학상 공모에 당선되는 것도 하나의 방법이다. 자신의 원고를 직접 들고 출판사를 찾아가 책을 발간하는 것이다. 최근에는 인터넷소설 전문사이트에 글을 올려 작가로 활동하는 예도 있는데, 유명작가 중에는 인터넷소설가로 인기를 끌어 책을 출판하기도 한다.

출처: 직업백과/ 커리어넷

문학작가의 자질

어떤 특성을 가진 사람들에게 적합할까?

- 문학 작가에게 가장 필요한 능력은 글쓰기 실력이다. 좋은 글을 쓰기 위해서는 정확한 국어 문법을 사용할 줄 알아야 하며, 논리적인 사고, 풍부한 문장력과 어휘력을 갖춰야 한다. 평소에 독서를 많이 하고, 책이나 신문을 읽고 난 후 자기 생각을 글로 표현해 보는 것이 중요하다.

- 이 밖에도 상상력과 표현력, 사물에 대한 관찰력 등이 요구됩니다. 특히 장르마다 요구되는 역량에 차이가 있는데, 소설가는 이야기를 엮어내는 능력과 작품을 한번 시작하면 끝까지 완성하는 문학적 근면성이 필요하며, 시인에게는 항상 깨어있는 감각과 작가적 감수성이, 평론가에게는 해박한 학문적 지식과 문학에 대한 애정이 바탕이 되어야 한다.

- 대학에서 국어국문학이나 문예창작학을 전공하여 관련 교육을 받으면 작가로 활동하는 데 많은 도움을 받을 수 있다. 사설 교육기관의 문학 교실 또는 창작 교실, 개인지도 등을 통해서도 교육을 받을 수도 있다.

출처: 커리어넷

문학작가와 관련된 특성

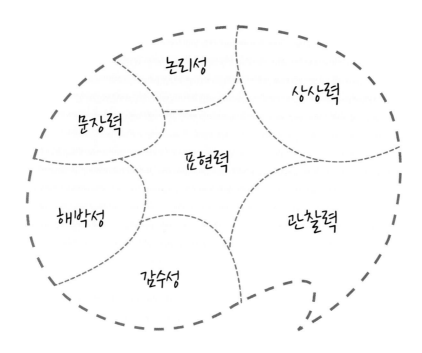

논리성

상상력

문장력

표현력

해박성

관찰력

감수성

문학작가의 전망

문학작가의 활발한 활동은 경기와 밀접한 연관이 있다. 문학작가는 문예지 위축 등으로 전업 작가로의 진입과 활동이 제한될 것으로 보인다. 경기가 다소 나빠지면 창작 작품의 판매 수가 감소하고 기업의 후원도 줄어 문예지 시장이 위축된다. 하지만 경기가 살아나면 창작 작품에 대한 투자가 늘고, 판매도 증가하여 작가들의 활동도 활발해진다.

최근에는 인터넷, 모바일 등 자기 작품을 대중에게 쉽게 알릴 수 있는 채널이 다양해지는 점도 주목할 만하다. 과거에는 문예지 시장이나 출판업계의 경기에 따라 문학작가의 활동이 좌지우지되는 일이 흔했다면, 이제는 다른 경로를 통해 대중과 쉽게 만날 수 있기 때문이다. 앞으로 문학작가들이 새로운 문화 환경에 맞춰 다양한 통로로 대중과 소통하고 작품을 소개하려는 노력을 기울일 필요가 있다.

출처: 커리어넷/ 직업백과

Q "문학작가에게 필요한 자질은 어떤 것이 있을까요?"

톡(Talk)!
홍인혜

창의력과 더불어 진득함이 갖추어져야 하죠.

당연한 말일 수 있지만, 우선은 '창의력'이라고 생각합니다. 저는 종종 카피라이팅이나 시에 관한 강연을 하며 글쓰기의 구체적인 방법론을 설명하곤 하는데요. 예를 들면 문장은 이렇게 쓰라거나, 이런 발상이 좋은 아이디어다, 이런 식으로 실무적인 팁을 전합니다. 하지만 그 가장 근원에 있는 '그 문장이 번뜩 떠오르는 순간', '그 아이디어를 머리에 떠오르게 하는 법'에 대한 것은 그 어떤 방법으로도 가르칠 수가 없어요. 말하자면 '간결한 문장을 쓰는 법'은 알려드릴 수 있지만, '최초의 그 문장이 떠오르게 하는 법'은 알려드리기 힘들다고나 할까요. 저조차 제 머리 작동법을 모르는 상황이니까요. 비유하자면 마치 창작의 신이 정수리에 번개를 꽂아주듯, 저도 알지 못할 곳에서 아이디어가 뇌에 꽂히는 느낌입니다. 그 부분은 아무래도 한 인간이 타고나는 특성 같은 것이 아닐까 생각합니다. 늘 조금 남다르고, 조금 수상하고, 조금 특이한 생각을 하는 개인의 독특성, 소위 말하는 '창의력'이겠지요.

더불어 창의력과 함께 저는 '진득함'도 중요한 덕목으로 꼽습니다. 말하자면 좋아하는 분야에 오래 매진하는 마음을 말하는 것인데요. 아무리 창의력이 뛰어나도 싫증을 빨리 느끼고 이 분야 저 분야로 팝콘 튀듯 옮겨 다니는 것보다는, 사랑하는 분야를 찾고 그 애정에 의리와 순정을 바치는 쪽이 작가로서 성공할 수 있다고 생각합니다.

톡(Talk)!
이상민

독자들에 대한 배려와 애정이 선행돼야죠.

책을 쓰는 데 필요한 자세는 하루에 책 쓰기에 일정 시간을 반드시 할 애해야 한다는 것입니다. 책을 못 쓰는 분들은 그냥 아예 안 씁니다. 그리고 그냥 쓰면 안 되고 준비를 잘한 후에 써야 합니다. 그리고 독자를 사랑하는 마음을 가져야 합니다. 독자에게 확실한 도움을 주겠다고 생각하고 써야 합니다. 그들의 아픔을 깊이 살펴보는 마음이 필요하다는 것이죠. 그들은 어디가 힘들까? 그들이 말하지 못한 아픔은 무엇일까? 이런 걸 들여다보아야 합니다. 그런 후에 깊이 연구하여 책을 써야 합니다.

톡(Talk)!
이지니

맑은 영혼에서 나오는 글은 세상을 향기롭게 합니다.

기본적으로 영혼이 맑은 사람이 글을 썼으면 좋겠어요. 나 혼자만 보는 일기가 아닌, 누군가에게 보이는 글을 쓰기 위해 저자가 되려는 거잖아요. 그렇다면 그 순간 '영향력이 있는 사람(글)'이 되는 겁니다. 독자가 많고 적음이 중요한 게 아니죠. 단 한 사람이라도 내 글을 본 순간 공적 글쓰기가 된 겁니다. 하여, 내 글을 보는 사람에게 되도록 선한 향기를 뿜어야 하지 않을까요? 글 실력을 향상하는 건 어느 정도 이론만 잘 아시면 됩니다. 중요한 건 글에서 뿜어지는 향기죠. 악취가 아닌, 은은한 향내를 뿜어내는 글을 쓰기 위해서는 글을 쓰는 '나 자신'의 마음을 먼저 가다듬어야 합니다.

세밀한 관찰력과 참신한 표현력이 아닐까요?

우선 사물이나 대상, 사람을 세밀하게 관찰하고 바라보는 눈이 필요해요. 대충대충 건성으로 봐서는 좋은 이야기가 나오지 않기 때문이죠. 자세히 보다 보면 몰랐던 부분이나 뒤에 숨은 이야기까지 만나볼 수 있답니다. 또 비슷비슷한 시선보다는 남다른 시선이 필요할 때도 있어요. 여기서부터 재미있는 이야기가 시작되죠. 그래서 혹시 내가 다른 사람과 생각이나 처지가 다른 면이 있다면 마냥 틀렸다고만 생각하지 말고 잘 관찰해주면 좋겠어요. 타당한 이유가 있다면 이야기의 중요한 재료가 될 테니까요. 그다음에는 문장력이 있어야 해요. 소설을 이야기를 글로 풀어내는 장르다 보니 문장이 좋지 않으면 아무리 재미있는 이야기도 지루해질 수 있어요. 반대로 지루하고 뻔한 이야기도 마치 처음 듣는 것처럼 느끼게 해주니 더욱 중요하죠. 맞춤법 공부뿐만 아니라 문장의 길이, 어순, 어휘 선택에 따라 다른 느낌으로 다가간다는 것을 공부하는 과정이 필요해요. 그러면서 이야기에 어울리는 문장을 쓰도록 꾸준히 연습해야 해요. 같은 말이라도 어떻게 표현하는지에 따라 상대방이 다르게 느끼는 것처럼요. 끝으로 나의 이야기를 하는 것만큼이나 다른 사람의 이야기에 늘 귀 기울여야 해요. 요즘 사람들의 관심사가 무엇인지, 어떤 이야기를 좋아하는지, 최근 중요한 사회문제는 무엇인지, 예전과는 어떻게 다른지 살펴보다 보면 내 이야기도 더 풍성하고 단단해질 수 있어요. 무엇을 써야 할지 고민일 때 방향을 잡아주기도 하고요. 이 모든 과정에서 책은 가장 손쉽고 효과적인 도구가 될 수 있답니다.

일상에서 깨닫고 메모하는 습관이 중요해요.

저는 '여행' '작가'입니다. 여행을 다루는 직업 중엔 사실을 기반으로 풀어내는 기자도 있고, 글을 쓰는 직업 중엔 소설가나 시인 등도 있겠지요. 제 경우, 여행 중이나 일상에서 직접 경험한 에피소드를 다루며 그 속에서 깨달은 인사이트(깨달음)를 글로 풀어내는 일을 합니다. 어떤 분야는 책상에 오래 앉아 있을수록 좋은 글이 나온다고 말하기도 합니다. 하지만 에세이의 경우, 어느 순간 '반짝'하고 떠올라요. 그래서 작가에게 필요한 자질은, 책상 앞에 앉아 글을 쓰는 행위보다 '일상을 살아가는 마음자세', '세상을 바라보는 생각과 눈'이 중요하다 말씀드리고 싶네요. 글도, 삶도 동기 부여가 중요합니다. '누군가 시켜서, 써야 하니까'가 아닌 가슴 속에서 작은 파장이 일어났을 때, 그때를 놓치지 않고 메모하는 습관이 필요합니다. 글을 잘 쓰고 못 쓰고는 두 번째 문제고, '떠오르는 나만의 인사이트'가 있어야 그 경험을 바탕으로 글을 풀어갈 수 있기에 어느 순간 영감이 떠오를 때를 놓치지 말라고 말씀드리고 싶습니다. 글은, 쓰고 싶을 때 쓰세요!

톡(Talk)!
장도영

기록하는 습관과 꾸준함입니다.

처음부터 잘 쓰는 사람은 없고, 어떤 글이 좋고 나쁘다는 기준 또한 없다고 생각해요. 조금 전 떠올렸던 생각이 몇 분이 지나면 기억나지 않는 것이 자연스러운 일이죠. 그래서 어떤 것에 대해 글을 쓰고 싶다는 생각이 들면 핸드폰 메모장에라도 간단하게 기록하는 습관을 들이세요. 이것이 나중에 책을 내거나 작가로서의 활동하는 데 큰 도움이 될 거예요. 그리고 꾸준함은 정말 중요한 태도예요. 저는 스무 살 때까지 맞춤법과 띄어쓰기를 전혀 몰랐어요. 하지만 글을 쓰는 게 행복하다고 느끼고 책을 내고 싶다는 목표가 생긴 후부터 꾸준히 쓰다 보니 어느 순간 작가가 될 수 있었어요. 작가에게는 '토끼와 거북이 이야기'가 아주 좋은 교훈이라고 생각해요.

내가 생각하고 있는 문학작가의
자질에 대해 적어 보세요!

문학작가의 좋은 점·힘든 점

| 좋은 점 |

새롭고 낯선 길로 접어드는 재미가 있죠.

시인 활동 최고의 장점은 재미있다는 점이죠. 그 이유는 매번 새롭기 때문이에요. 당연하게도 시인은 어제의 글을 오늘 또 재탕할 수는 없고 매분 매초 변신해야 하는 법이니까요. 늘 같은 트랙을 반복해서 도는 것이 아니라 낯선 길을 찾아 나선다는 점이 짜릿하지요. 더불어 여러 사람에게 나의 목소리를 전할 수 있는 것도 큰 매력입니다. 생각해보면 내 말에 공들여 귀 기울여주는 친구 한 명을 갖기도 어려운 게 인생이잖아요. 하지만 작가로서 '팬'을 갖게 되면, 내가 쓰는 사소한 단어 하나까지 허투루 생각해주지 않는 수많은 독자가 생긴답니다. 그분들은 나의 모든 글에 관심을 두고, 다음 글을 기다려 주시지요. 세상에 다양한 직업이 있지만, 이처럼 든든한 지지자들이 있는 직업이 또 있을까 싶네요.

| 좋은 점 |

평범함을 특별함으로 바꾸는 묘미가 있답니다.

누군가에게는 평범한 듯한 일상이 작가에게는 특별한 선물입니다. 하루하루를 작가가 가진 독특한 시선으로 바라보기 때문이지요. 지하철을 타고, 마트에서 물건을 사고, 친구들과 카페에서 만나 이야기를 나눠도 '나만의 특별한 에피소드'를 펼칠 수 있게 됩니다. 무엇보다 작가가 쓴 글을 누군가(독자)가 읽고 공감해주고, 위로를 얻고, 희망을 본다면 더할 나위 없겠지요.

톡(Talk)!
정민아

| 좋은 점 |

여행하면서 글도 쓰고 돈도 벌어요.

저는 남들보다 느립니다. 걸음을 걷는 것도, 밥을 먹는 속도도, 혹은 어떤 결심을 내려야 할 때도 우유부단한 성격이라 결정이 느립니다. 그래서 제가 힘들어하는 일 중 하나가 전화로 업무를 처리해야 할 때예요. 꼭 통화를 끊고 나면 '이 말을 해야 했는데'라고 생각하면서 아쉬움이 남죠. 바로바로 생각하고 재깍재깍 행동하는 걸 잘하지 못해요. 그런데 글로 표현하면 시간을 두고 쓰고 또 쓰고, 고치고 또 고치며 제 생각을 정리하여 명확하게 전달할 수 있어서 좋답니다. 저의 의중을 상대방에게 정확히 전달하기 위해선 그만큼 '잘' 써야 하겠지만요. 그리고 저는 제가 좋아하는 여행을 하며 돈도 벌 수 있는 삶에 매우 만족하고 있답니다.

톡(Talk)!
장도영

| 좋은 점 |

살아있음을 느낄 수 있어요.

가장 보람을 느끼는 순간은, 독자들께서 글을 읽고 위로와 힘을 얻었다는 연락을 보내주실 때예요. 글을 쓰는 과정에서 새로운 것을 써내야 한다는 압박감을 비롯해 여러 가지 스트레스가 생겨요. 그러한 고생 끝에 써낸 글에 대해서 좋은 에너지를 받았다는 메시지만큼 저를 행복하게 해주는 것은 없어요. 아마 독자분들의 그 따뜻한 마음과 글들이, 제가 힘들더라도 꾸준히 글을 쓰게 하는 원동력이지 않을까 싶어요. 앞으로도 오랫동안 힘이 닿는 날까지 독자들과 소통하면서 글을 쓰려고 해요. 살면서 이것만큼 보람차고 내가 살아있음을 느끼게 해주는 일이 그리 흔하지 않거든요.

톡(Talk)!
전석순

| 좋은 점 |
생각과 느낌을 풍성하게 경험하게 됩니다.

　먼저 생각이나 느낌을 표현할 수 있는 창(窓)이 있다는 게 중요한 장점인 것 같아요. 우리는 나의 마음이나 의견을 효과적으로 전해야 할 때가 있는데, 그게 음악이 될 수도 있고 말이나 그림이 될 수도 있어요. 작가는 문장을 통해 전달하죠. 이 과정을 이야기로 쓰다 보니 주변에서 나와 관련 없다고 생각했던 장면이나 무심코 지나칠 수 있는 사람에게도 관심을 기울일 때가 많아요. 언제라도 글의 재료가 될 수 있기 때문이죠. 그래서 더 많이, 더 섬세하게 바라보게 되는 것 같아요. 같은 대상을 다른 사람보다 풍성하게 느끼게 되는 것도 비슷한 이유일 것 같아요.

톡(Talk)!
이상민

| 좋은 점 |
자유와 보람이 아닐까요?

1. 시간을 마음대로 쓸 수 있다.
2. 하고 싶은 공부를 마음대로 할 수 있다.
3. 읽고 싶은 책을 마음껏 읽을 수 있다.
4. 여행도 마음대로 갈 수 있다.
5. 살고 싶은 곳에 살 수 있다.
6. 회사의 눈치를 보지 않고 살 수 있다.
7. 지시받거나 명령받는 삶이 아니다.
8. 혼자서 일하는 걸 좋아하는 사람이 선택하면 최상이다.
9. 어디를 가나 대우를 받으며 살 수 있다.
10. 사회적 기여에 대한 보람을 느낄 수 있다.

| 힘든 점 |

창작의 샘이 쉽게 터지진 않아요.

앞서 말한 장점이 양날의 검이 된달까요? 우선 늘 새로운 일을 해야 한다는 것, 날마다 색다른 발상을 해야 한다는 것은 스트레스가 만만치 않은 일입니다. '마감의 압박'에 대해서 들어 보셨겠지요? 창작의 샘이 터져 생각이 팡팡 나는 날은 지극히 드물고, 책상에 앉아 손톱을 물어뜯고 다리를 달달 떨며 머리를 쥐어뜯는 것이 일상이랍니다. 마침내 탄생할 한 줄의 글을 위해, 그 짜릿한 순간을 위해, 오랜 시간을 앓아야 하는 것이지요. 더불어 작가에게는 '팬'도 있지만, 당연히 '안티 팬'도 있답니다. 나의 창작물과 주파수가 맞지 않는 사람들, 거부감을 느끼는 사람들이 분명 존재하고 그분들의 피드백 역시 겸허히 수용해야 하는 점은 작가 인생 내내 이어질 수련이랍니다.

| 힘든 점 |

사색과 통찰의 시간을 게을리할 수 없답니다.

가만히 있어도 머릿속에 있는 '생각 공장'이 쉴 틈이 없다는 거예요. '오늘은 어떤 글감으로 글을 쓸까?', '어떻게 하면 평범해 보이는 일상에 '특별함'이라는 소스를 넣을까?' 등을 고민해야 하니까요. 글만 잘 써서 작가가 되는 게 아니라 사색(思索)으로 넓은 통찰력을 얻는 것이 중요합니다. 통찰력을 얻으려면 깊이 생각하는 것에 시간을 투자해야 합니다. 이것이 굳이 단점이라면 단점이라고 할 수 있겠네요.

| 힘든 점 |
일정치 않은 수입과 시간 관리가 부담됩니다.

작가는 프리랜서인 경우가 많아 수입이 일정하지 않은 경우가 많아요. 작가마다 수입 편차도 크다 보니 이 점을 주의 깊게 고민해봐야 해요. 비정기적인 수입에서 안정적인 생활을 꾸려나가려면 다른 직업보다 촘촘한 계획이 있어야 할 것 같아요. 또한 출퇴근이 없다 보니 시간 관리를 잘해야 해요. 마감이 정해져 있긴 하지만, 그 과정은 스스로 계획을 세워 움직여야 하거든요. 정해진 시간의 틀에 얽매이지 않는다는 것은 장점이기도 하면서 동시에 단점이 될 수도 있겠네요.

| 힘든 점 |
여행이 일의 연장이 되곤 하죠.

여행작가의 경우, 여행이 일의 연장선에 있습니다. 100일간의 캠핑카 여행 중에도 끊임없이 원고를 집필하고 영상을 찍고 편집했어요. 이 모든 게 여행의 일부기도 하지만, 다르게 생각하면 오롯이 여행에 집중하긴 힘들다는 뜻이기도 하죠. '좋아하는 일은 취미로 하는 게 더 좋아. 좋아하는 일이 직업이 되면 수입도 생각을 안 할 수가 없으니'라는 말과도 일맥상통하겠네요. 그리고 글이란 게 누구나 쓸 수 있지만, 아무나 잘 쓸 수 없다는 점입니다. 여전히 글을 쓰는 순간은 매번 어렵습니다. 특히, 첫 문장을 쓰는 게 제일 힘들어요.

톡(Talk)!
장도영

| 힘든 점 |

여러 가지 일을 병행하는 게 체력적으로 힘들 때가 있어요.

작가로서 경제적인 안정을 갖추지 못했기에 여러 가지 일을 병행해야 한다는 것이 힘들 때가 있답니다. 생계를 감당할 만큼 제 필력이 아직 부족하다고 느낄 때도 있고요. 기획출판과 달리 독립출판을 하게 되면 이것저것 신경 써야 할 게 많아서 부담되기도 합니다.

톡(Talk)!
이상민

| 힘든 점 |

불안감과 압박감에 시달릴 수도 있어요.

1. 수입이 불확실하기에 늘 불안하다.

2. 생각보다 많은 돈을 벌기가 힘들다.

3. 늘 공부해야 한다는 것이 압박감이 될 수 있다.

4. 사람들이 유별난 사람으로 볼 수 있다.

5. 자유로운 시간 속에서 늘 압박이 있다.

6. 잘못하면 사회 부적응자가 될 수도 있다.

7. 잘못하면 영영 경제적 자립을 못 할 수도 있다.

8. 늘 독자와 청중, 수강생들을 생각할 수밖에 없다.

9. 마음의 안정이 잘 안될 수도 있다.

10. 생각보다 엄청나게 바쁜 시간을 보내야 한다.

문학작가의 종사현황

  문학작가는 대부분 프리랜서로 활동하기 때문에 별도의 승진체계는 없다. 하지만 문학작가로서 인지도가 올라가면 높은 원고료를 받을 수 있으며, 대학이나 교육기관 등에서 문학작품이나 작가 양성과 관련한 강의를 할 수 있다.

  현재 영향력 있는 문예지가 폐간되거나 기업의 사보, 정기간행물 등의 발간이 위축되면서 창작활동에 어려움을 겪고 있다. 문예지나 잡지, 사보 발간에 대한 기업의 투자가 줄고, 인쇄 출판물이 스마트폰 같은 디지털 매체로 상당 부분 대체되면서 문예지 및 잡지 등을 통해 등단할 기회도 다소 줄었다. 또한 출판산업 사업체 수가 줄고 매출이 감소하는 점은 문학작가들이 전업 작가로 지속적인 활동을 유지하는 데 부정적인 영향을 미치고 있다.

  한국콘텐츠진흥원의 「2015 콘텐츠 산업통계」에 따르면, 출판산업 전체 사업체 수는 2014년 205,705개로 전년 대비 3.4% 감소했고, 종사자 수도 지속해서 감소해 전년 대비 1.3% 감소한 것으로 나타났다. 매출액도 지속적인 감소세를 보여 2014년 20조 586억으로 전년 대비 1.0%가 감소했다.

출처: 직업백과

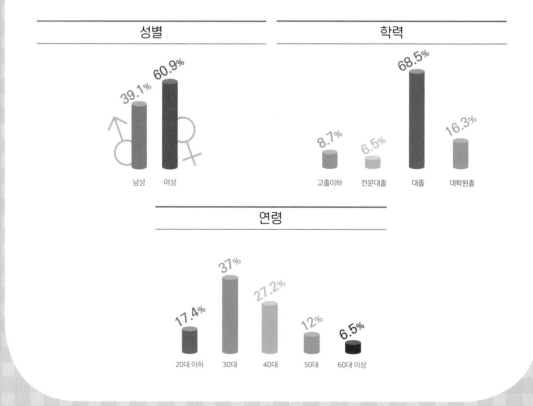

CHAPTER

|2|

문학작가의

생생
경험담

미리 보는 문학작가들의 커리어패스

 **홍인혜** 시인   이화여자대학교 심리학과 전공, 이화여자대학교 국문과 부전공 광고회사 TBWA Korea 근무

 **전석순** 소설가   명지대학교 문예창작학과 졸업, 평생교육진흥연구회 문예교육 지도교사 자격증 취득 강원일보 신춘문예 단편소설 부문 당선

 **정민아** 여행작가   서울여자대학교 국어국문학과 졸업 공연기획사 마케팅팀 근무

 **이상민** 인문학 작가   동아대학교 법과대학 졸업 3,000권의 책과 3,000편의 다큐멘터리 섭렵

 **이지니** 수필가   서울예술대학교 극작과 졸업 방송작가 (m.net/ sbs/ mbc)

 **장도영** 독립출판작가   배구선수(10년), 경희대학교 스포츠지도학과 졸업 히말라야 및 킬리만자로 등반, 23개국 61개 도시 여행

 한겨레, 국민일보 칼럼 연재,
문예지 <문학사상>으로 등단

 현) 시인 / 수필가 / 카피라이터

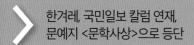 전) 김유정문학촌 상주 작가,
<오늘의 작가상> 수상

 아르코문학창작기금 선정
현) 소설가

웹/앱 콘텐츠 기획자

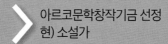 현) 여행작가 겸 유튜버

15년간 책 20권 출판,
방송/신문사 인터뷰

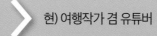 현) 이상민책쓰기연구소 대표

전) 중국어 비즈니스 통역사
전) 중국어 영상번역가

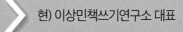 전국 도서관 글쓰기 강의 진행
현) 6년 차 작가

'배구로 세계를 만난다' 프로젝트

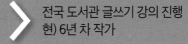 현) 작가 및 N잡러

한글을 뗀 순간부터 책을 좋아하기 시작했고, 언제나 글 쓰는 직업을 갖고 싶었다. 처음으로 매료되었던 직업은 짧은 글로 사람들의 마음을 훔치는 '카피라이터'였고 학교를 졸업하자마자 광고회사에 들어갔다. 동시에 웹툰 작가로도 활동하며 대중과 소통했다. 덕분에 에세이집을 출간할 기회를 얻게 되었고 더욱 문학을 가까이하게 되었다. 광고 문구는 상업적인 글인 점이 아쉽고, 생활 만화나 에세이는 자기 고백적인 서술만 가능한 것이 아쉬워 시에 관심을 가지기 시작했다. 직장을 다니며 문학 수업을 듣는 등 수년간 시에 매진하다 시인으로 등단했다. 지금은 여전히 시도 쓰고, 카피도 쓰고, 만화도 그리고, 칼럼도 연재하고, 책도 내는 등 다양하게 활동하고 있다. 창작하는 행위를 사랑하고 그것을 발표하는 일 역시 사랑하기에, 부단히 세상과 소통하며 살고 있다.

홍인혜 시인

현) 시인 / 수필가 / 카피라이터
- 전) 광고회사 TBWA Korea 국장
- 2018년 문예지 <문학사상> 시 부문 신인상 당선
- 한겨레, 국민일보 칼럼 연재
- 산문집 <고르고 고른 말> 출간
- 산문집 <혼자일 것 행복할 것> 출간
- 산문집 <지금이 아니면 안 될 것 같아서> 출간
- 이화여자대학교 심리학과 전공 / 국문과 부전공

문학작가의 스케줄

홍인혜
시인의
하루

22:00 ~ 02:00
▶ 에세이 및 시 쓰기
(상대적으로
감성적인 활동)

10:00 ~ 11:00
▶ 기상 및 준비
오늘 마실 차 끓이기

20:00 ~ 22:00
▶ 저녁 식사 및 휴식

11:00 ~ 12:00
▶ 뉴스 및 SNS 탐색
(최신 이슈 파악)
12:00 ~ 13:00
▶ 스케줄 정리 및
각종 메일 회신

15:00 ~ 20:00
▶ 광고 카피 및
칼럼 쓰기
(상대적으로
논리적인 활동)

13:00 ~ 15:00
▶ 점심 식사 및 휴식

책을 좋아하셨던 부모님의 영향을 받다

▶ 모든 것에 호기심이 많았던 어린 시절

▶ 컴퓨터 앞에서 작가 흉내를 내는 모습

▶ 다양한 상상을 하며 놀곤 했던 추억

Question **어린 시절에는 어떤 아이였나요?**

꼬마 시절부터 책 읽는 것을 무척 좋아했습니다. 당시 할아버지께서 "인혜는 책 그만 보고 좀 나가 놀아라"라고까지 말씀하셨다고 해요. 이런 전설적인 말을 듣는 사람이 바로 저였답니다. 그때는 나이에 비해 어려운 책을 읽는 것이 무척 자랑이었고, 그래서 잘 이해도 안 가는 '어른 책'도 열심히 읽곤 했었죠. 중1 때 헤르만 헤세의 <데미안>을 읽고, '뭔 소린지 모르겠지만 멋있어'라고 감탄하던 때가 떠오르네요. 이런 경험들 덕분에 작가를 꿈꾸게 되었고, 글 쓰며 먹고 살 수 있으면 얼마나 좋을까 생각하기 시작했답니다.

Question **학창 시절 장래 희망은 무엇이었나요?**

저는 천성적으로 뭔가를 만들고 사람들에게 뽐내는 것을 좋아했기 때문에 진로는 오직 그쪽으로만 생각했습니다. 돌이켜보니, 살면서 '창작' 외의 직업을 희망한 적이 한 번도 없네요. 어린 시절부터 저의 장래 희망은 오로지 '작가'였답니다. 중학교 때까지는 아는 직업의 폭이 좁아 '장래 희망'란에 '작가'라고만 썼는데 고등학생이 되고는 '카피라이터'라고 쓰기 시작했어요. 당시에는 '글로 돈 버는 일이니 비슷하지 않나?'라고 생각했죠. 지금 생각해 보면 비슷한 부분도 있지만, 전혀 다른 부분도 있네요. 작가보다 카피라이터가 더 현대적이고 안정적이리라는 생각에 그쪽으로 마음이 기울였던 것 같아요. 그리고 텔레비전에 나오는 멋진 문구들, 전 국민이 들으면 아는 문장들을 쓸 수 있다니 무척 화려하고 멋있어 보였어요. 무엇이 되었든 일단 글과 가까운 진로를 택하면 다른 길도 열리지 않을까 기대했고 그 생각이 틀리지 않았네요.

Question **진로 선택할 때** 부모님과의 갈등은 없으셨나요?

우선 저의 부모님도 책을 무척 좋아하셨어요. 집에 온통 책이 빼곡했고 두 분 모두 일상 속에서 늘 책을 읽고 계셨기 때문에 저도 자연스레 책에 빠져들게 되었답니다. 사실 진로에 있어서 "무엇이 되어라, 무엇이 되는 것은 반대한다"라고 말씀하셨던 적이 한 번도 없으셨죠. 작가가 되고 싶다면 그러라고 하셨고, 심리학과에 가겠다고 하니 찬성한다고 하셨고, 광고회사에 들어가겠다고 했을 때도 좋다고 하셨어요. 말하자면 진로를 정하는 데 있어서 길을 제시하고 압박하기보다는 멋진 본보기만 보여주셨던 것 같아 감사한 마음이죠.

Question 주변에 글을 좋아하는 비슷한 성향의 친구도 사귀셨나요?

학창 시절엔 저와 성미가 비슷한 친구들을 사귀게 되었는데 모두 책을 좋아하고 글쓰기를 사랑하는 친구들이었습니다. 서로 누가 더 책을 많이 읽었나, 누가 더 어려운 책을 읽었나 경쟁했을 정도랍니다. 앞서 소개한 <데미안>을 저는 이해하지 못했는데 친구가 그 책에 깊이 공감하고 감동했다고 해서 속으로 '내가 졌구나'라고 생각했던 기억이 나네요. 그 친구들과는 서로 기나긴 편지들을 주고받기도 하고, 교환 일기를 쓰기도 하고 글로도 많이 소통했답니다. 아마 그 덕에 '쓰는 사람'으로서의 자의식이 더 단단해지지 않았나 생각합니다. 당시의 친구들은 각각 드라마 작가와 국문과 교수가 되었습니다. 결국은 모두 글과 연관된 직업을 갖게 되어 서로 신기해하는 요즘입니다.

Question 전공으로 글쓰기 관련 학과가 아닌 심리학과를 선택하셨는데, 특별한 이유는 있었나요?

'카피라이터'를 꿈꾸며 심리학을 전공하면 다양한 사람의 심리를 알게 될 테니 광고인으로 일하는 데도, 작가로 일하는 데도 도움이 되리라고 생각했어요. 그래서 소비자 심리나 광고 심리를 공부할 수 있는 심리학과에 진학했죠. 그렇게 전공을 결정했지만 아무래도 문학 역시 놓치고 싶지 않아서 국문과 수업을 많이 듣게 되었고 결국 부전공을 하게 되었습니다.

Question 대학교 진학 이후에 창작 관련 일이 계속되었나요?

대학교에 진학해서 학교에 다니면서 광고 동아리 활동을 2년 정도 하고 광고회사 인턴십 과정을 거쳐 카피라이터로 입사했어요. 광고인이 되고 나서는 회사일 외의 창작을 하고 싶었고, '회사원'의 자아 외에도 '작가'의 자아를 갖고 싶었답니다. 말하자면 어른이 되어서도 계속 또 다른 장래 희망을 품고 살았다고 할 수 있겠네요.

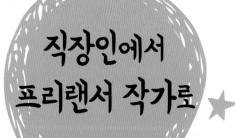

직장인에서
프리랜서 작가로

▶ 태블릿PC로 그림을 그리는 모습

▶ 한 지면의 인터뷰에서 연출한 작업 사진

▶ 실제 집에서 작업하는 광경

시를 처음 접하게 된 계기는 무엇인가요?

어린 시절 읽었던 글 중에 아직도 전문(全文)이 기억나는 시가 있습니다. 박목월 시인의 '다람쥐'라는 동시인데요.

다람다람 다람쥐

알밤 줍는 다람쥐

보름보름 달밤에

알밤 줍는 다람쥐

알밤인가 하고

조약돌도 줍고

알밤인가 하고

솔방울도 줍고

저는 이 시를 읽고 깜짝 놀랐습니다. 글인데 어쩌면 이렇게 노래하듯 읽을 수 있지? 글인데 왜 눈에 생생히 보이는 것 같지? 이렇게 짧은 글인데 어떻게 이처럼 순식간에 사람의 마음을 흐뭇하게 만들지? 그것이 '시'라는 것임을 알게 되었습니다. 당장 저도 시를 써보고 싶었죠. 지금 돌아보면 아무리 봐도 박목월 시인의 오마주네요.

Question **언제 처음으로 시를 쓰셨나요?**

초등학교 1학년 '병아리'라는 제목의 시를 처음 썼는데요. '삐악삐악 병아리'라는 첫 구절만 떠오르긴 하지만, 아무튼 이 시를 보신 담임선생님이 처음에 하신 말씀은 "인혜야, 엄마가 써주셨니?"였답니다. 막 한글을 뗀 초등학교 1학년 학생이 쓴 시라기엔 꽤 괜찮게 보였나 봅니다. 그래서 그 시는 학교 방송에 나가 전교생에게 소개가 되었고 제가 쓴 글이 전파를 탔을 때의 짜릿함을 처음으로 느꼈던 경험이 되었죠. 그날이 오늘의 저를 만들었네요.

시인을 꿈꾸게 된 계기와 준비과정을 듣고 싶어요

저는 저의 다양한 직업을 모두 좋아하지만, 각기 다른 아쉬움을 느끼곤 했어요. 광고 문구를 쓴다는 것은 광고주가 있는 마케팅 활동이기 때문에 자유롭기가 힘든 창작이었고 결과물 역시 온전히 '내 글'이 아니었습니다. 이에 대한 결핍감으로 만화를 그리고 산문을 쓰게 되었지만, 이 역시 '에세이'라는 장르 특성상 100% 자유롭다고 말하긴 힘들죠. 아무래도 에세이 장르는 자아를 투영하고 일상을 소개하는 분야이기 때문에 소재나 논조가 제한적이라는 생각이 들었답니다. 저도 모르게 제가 '밖으로 보여도 괜찮을 만한' 안전한 마음만 내보이고 있다는 아쉬움이 들었지요. 그러다 보니 더 근원적이고 생각하는 모든 것을(심지어 그것이 평소답지 않은 어두운 마음일지라도) 담아낼 수 있는 예술 장르를 꿈꾸게 되었던 겁니다. 그러다 시를 만나게 되었고 순식간에 반해 버렸답니다. 직장에 다니며 각종 출판사에서 하는 문학 수업을 들었습니다. 세상에는 생각보다 이런 인문학 수업이 많더라고요. 바쁜 광고회사 활동과 만화가 활동을 병행하며 매일같이 시집을 읽고 쓰고 친구들과 합평회를 했었죠. 지금 생각해 보면 애정에서 출발한 굉장한 열정이었다고 볼 수 있겠네요.

광고업을 하시면서 느낀 희열과 한계에 관해서 설명 부탁드립니다.

광고 일은 지금도 무척 사랑하는 일이고, 당시에도 저에게 늘 새롭고 짜릿한 일이었습니다. 매일 새로운 아이디어를 낸다는 것, 그것을 전 국민이 보는 미디어에 송출한다는 것은 정말 멋진 일이니까요. 하지만 어디까지나 '광고주'라고 불리는 의뢰인이 명확히 있는 일이었기에 자유도는 생각보다 떨어졌습니다. 당연한 일이지만 광고업은 엄연히 마케팅 활동이고, 치밀한 논리 아래 이루어지는 일이었기 때문에 마음대로 쓸 수 있는 글은 한 줄도 없었답니다.

Question 직장생활을 하시면서 만화를 그리게 된 계기가 있나요?

  광고업에 대한 결핍감을 느끼고 있던 무렵, 개인 창작 활동을 시작했습니다. 마치 요즘 직장인들이 유튜브 채널을 여는 것과 비슷하겠네요. 저는 개인 홈페이지 '루나파크'를 만들어 만화, 글, 사진 등으로 저의 일상을 포스팅하기 시작했답니다. 요즘은 다양한 개인 창작자들이 활동하고 있지만, 당시엔 저 같은 사람이 많진 않았어요. 특히 '직장을 다니며 만화를 그리는' 것이 특이했다고나 할까요. 덕분에 많은 분이 찾아주셨고 더 많은 기회가 열리기 시작했습니다. 대표적인 것이 책 출간 제의였죠. 만화들을 묶어 책으로 내자는 제안과 새로이 에세이를 써서 산문집으로 엮자는 제안이 같이 들어왔습니다. 덕분에 저는 첫 카툰집 <루나파크>와 첫 수필집 <지금이 아니면 안 될 것 같아서>를 낼 수 있었답니다.

Question 작가로 활동하시면서 가장 기억에 남는 경험을 이야기해주세요.

  제 이름을 단 첫 책이 나왔을 때, 처음으로 팬 사인회를 했을 때, 처음으로 강연을 했을 때, 큰 매체에 인터뷰해서 주변 사람들에게 연락이 쇄도했을 때 등등 짜릿한 순간들은 많았지만, 역시 가장 기억에 남는 순간은 시인으로 등단했을 때입니다. 당시 회사에서 회의하고 있었는데 모르는 번호로 전화가 와서 받을까 말까 망설였거든요. 의심스럽게 전화를 받았는데 몇 달 전에 투고한 문예지 담당자분이 제가 신인상을 받았다고 말씀해주시더라고요. 진작 만화가로, 수필가로 활동하고 있었지만, 시인이 된다는 것은 또 다른 꿈이었고 너무나 고대했던 일이기 때문에 눈물이 날 정도로 기뻤어요. 회색 칸막이가 즐비한 삭막한 사무실이었는데도, 마치 천장에서 스프링클러가 터져 꽃향기가 나는 오색 물줄기가 쏟아져 나오는 듯한 기분이었습니다. 그날을 생각하면 아직도 짜릿해요.

Question 현재 하시는 업무에 관해서 알 수 있을까요?

저는 몇 해 전 15년 넘게 해온 광고회사 생활을 마치고 지금은 프리랜서로 활동하고 있습니다. 창작이 기반이 된 다양한 활동을 모두 하고 있답니다. 대표적으로 여전히 카피라이팅을 하고 있고, 신문 두 곳에 칼럼을 쓰고 있고, 산문을 묶어 책을 내고 있고, 여러 기업과 협업하여 만화를 그리고 있습니다. 물론 시도 꾸준히 쓰고 있답니다. 요즘 이런 사람들을 'N잡러'라고 부르잖아요. 저는 이 말이 저를 표현하기엔 조금 부족하다는 생각이 들어서 새로운 명칭을 구상해 보았습니다. 그것은 '창의노동자'와 '언어생활자'입니다. 창의력을 제공하고 보수를 받으므로 저는 '창의노동자'고요. 여러 창의적인 분야 내에서도 '글'이 위주가 되는 삶을 살기에 '언어생활자'라는 표현이 어울리겠죠.

Question 작가라는 직업의 직업적 특이사항은 무엇일까요?

대부분 작가는 주로 프리랜서로 활동하기 때문에 집에서 작업을 하게 됩니다. 저 같은 프리랜서 동료 중에도 사무실을 낸다거나, 공유 오피스에 출근한다거나 하는 등 집과 업무공간을 분리하길 원하는 분들도 계시죠. 저는 집을 무척 사랑하고 외출은 늘 큰마음을 먹어야 하는 사람인지라, 집에서 일하는 것에 조금의 불만도 없답니다. 시간 운용 역시 오로지 저의 뜻대로인지라 무척 자유롭고요. 정해진 시간에 출퇴근하지 않아도 된다는 점에 무척 만족하고 있습니다.

▶ 평소 메모를 하는 수첩을 살피는 사진

▶ 서점에서 최신작을 발견하고 찍은 기념
사진

▶ 평소에도 시집을 들고 다니며 읽곤 하는
모습

일상에서의
통찰이 위대한
창작을 이룬다

시인, 만화가, 작가, 이 모든 것을 해내는 힘이 어디서 나오는 건가요?

워낙 다양한 일을 하며 살아가기에 "어떻게 그렇게 버라이어티한 직업을 갖고 계세요?"라는 질문을 종종 받는데요. 저는 이 모든 직업이 각기 크게 다르지 않다고 생각합니다. 말하자면 일상에서 '통찰'을 잡아채는 일이라는 점에서요. 나만의 시선으로 일상을 바라보며 살아가다, '이 발견은 남다르다. 지금 떠오른 생각은 예리하다. 이 발상은 모두와 나눠 볼 만하다.' 싶은 조각들을 주워 모은답니다. 그것을 제품이나 브랜드에 적용하면 광고가 되는 것이고, 그림으로 풀어내면 만화가 되는 것이고, 길게 쓰면 산문이 되는 것이고, 증류해서 진액만 남기면 시가 되는 것이거든요.

작가에게 자기 PR 능력이 중요하다고 보시는 이유가 무엇인가요?

요즘 세상은 개인 브랜드의 시대이고, 아무리 본인의 자질이 탁월해도 세상이 알아주지 않으면 빛을 보기 힘든 시절이라고 생각합니다. 그래서 저는 농담처럼 '나댐력' 혹은 '관종력'도 필요하다고 말한답니다. '나는 이런 생각을 하는 사람이야', '나는 이 마음을 세상에 알리고 싶어', '나의 이 작품을 모두가 봐줬으면 좋겠어'라는 마음이 작가를 움직이게 하고, 자기 작품을 홍보하게 하고, 그 결과 더 큰 기회들을 가져다주니까요.

일상에서 경험과 생각이 작품으로 만들어지는 경우가 많은데, 비법을 알려주세요.

저는 일상 만화가답게 기록을 무척 중요하게 생각하는 사람입니다. 매일 짤막하게라도 다이어리를 쓰곤 한답니다. 그 이유로는 "기록하지 않으면 애초부터 없던 일이 되어 버린 것 같아서"라고 말하곤 합니다. 더불어 일상에서 떠오르는 아이디어를 메모하는 것 역시 중요하게 생각해요. 하루에도 신기하고 낯선 생각들은 수없이 쏟아지지만, 기록하지 않으면 휘발되기 마련이랍니다. 말하자면 곱디고운 모래를 손에 쥐고 풍차처럼 휘두르며 하루를 살아간다고 생각해 보세요. 밤이 되면 손바닥 안에 모래가 몇 알이나 남아 있을까요? 귀했던 생각들이 다 사라져버리진 않을까요? 그래서 저는 일상에서도 메모를 자주 하려고 노력합니다. 대단한 노트에 멋진 만년필로 하는 것은 아니고요. 사실 생활 속에서 짬짬이 기록하려면 신속함이 생명이거든요. '나와의 채팅' 기능이 제일 좋다고 생각합니다. 그래서 저만 들어있는 대화방을 열어보면 별별 이상한 생각들과 문장들이 빼곡하답니다. 때로는 다시 되짚어 읽으며 '이게 도대체 뭔 소리야?' 하고 갸웃하기도 한답니다.

본인의 비전을 위해서 노력하시는 점이 있다면 무엇인가요?

창작 경력이 늘어날수록 저만의 시선이나 철학이 중요해짐을 느낍니다. 창작자로서 어느 정도까지는 센스나 개성만으로 버틸 수 있지만, 오래 작품을 발표하다 보면 그 사람만의 세계관이 노출되기 마련이거든요. 그래서 저는 저만이 세상을 바라보는 방식이나 주관을 가지려고 노력해요. 다양한 사람을 만나고, 이야기를 듣고, 책을 읽고, 공부를 하는 등 다방면으로 '더 깊은 사람'이 되고자 애쓰고 있답니다.

저는 단단한 철학을 갖되, 그를 표현하는 방식은 늘 변화하는 작가가 되고 싶습니다. 요즘 세상에 재미있는 콘텐츠들이 얼마나 많아요. 미처 다 보지 못할 만큼 작품들이 쏟아져 나오는 시대를 살고 있는데 작가라는 사람이 한결같은 방식으로 엇비슷한 이야기만 늘어놓으면 다들 흥미를 잃을 거로 생각하거든요. 그래서 늘 '나만이 할 수 있는 이야기는 무엇일까?', '나만의 시선으로 바라보는 세상은 무엇일까?'를 생각합니다. 사람이 자기 삶을 살기도 벅찬데 남의 일상에 관심을 가지고, 남의 말에 귀를 기울이고, 남의 글을 읽는다는 것은 그 사람만의 독특한 삶의 방식이 궁금하기 때문 아닐까요?

창작이라는 것은 아름답고 멋진 일이기 때문에 이 직업을 추천함에 있어서는 조금의 주저함도 없습니다. 본인이 뭔가를 만들어내는 것과 새로운 생각을 해내는 것을 좋아한다면 그 마음을 소중히 하고 계속 달려 나갔으면 좋겠어요. 좀 더 구체적으로 드리고 싶은 조언은, 많은 창작물을 접하라는 겁니다. 저는 지금도 즐겨 쓰는 단어나 말투 같은 것이 중고교 시절 읽었던 책에서 비롯되었다는 점에 놀라곤 해요. 물론 지금도 다양한 책을 읽지만, 그때처럼 스펀지처럼 빨아들이지는 못하는 것 같아요. 말하자면 학생 시절 마구잡이로 손댄 창작물들이 지금 제 창작의 토양이라고나 할까요. 너무 좋아해서 경전처럼 들고 다니던 소설책, 읽고 펑펑 울었던 만화책, 보고 가슴이 뛰어 며칠간 공부조차 하기 힘들었던 영화들이 아직도 생생합니다. 그렇기에 여러분도 다양한 책을 읽고 콘텐츠를 접하고 영감을 받고 취향을 찾으셨으면 좋겠습니다. 그것은 정말 설레고 값진 일이니까요. 창작자를 꿈꾸는 모든 분의 앞날에 오솔길을 깔아드리고 싶네요.

춘천에 있는 작은 세탁소에서 태어나 유년 시절을 보냈다. 그때 호기심 많은 눈으로 손님 옷을 살펴보면서 상상력을 부풀리기도 했다. 만화영화를 본 다음에도 뒷얘기를 지어내다가 차츰 이야기에 관심이 많다는 것을 깨달았다. 중학교 때 수행평가로 쓴 시를 보신 국어 선생님의 권유로 처음으로 백일장에도 몇 번 나가봤지만 늘 탈락이었다. 시는 압축하는 것이, 수필은 있는 그대로 쓰는 것이 잘 맞지 않는다는 생각을 들었다. 이야기를 표현할 수 있는 다른 방식을 고민하다가 더 큰 재미를 위해 거짓말을 섞어야겠다는 생각으로 소설을 써야겠다고 마음먹었다.

고등학교에 들어가서는 본격적으로 소설가로 진로를 잡고 준비했다. 이때 학교 작문 선생님과 문예부 선생님의 도움을 크게 받았다. 덕분에 문예창작과로 구체적인 목표를 잡고 공모전과 백일장에서도 좋은 성적을 거둬 문학 특기자로 입학할 수 있었다.

고향을 떠나 대학에 들어와서는 본격적인 문학 공부를 시작했다. 함께 책을 읽고 글을 쓰는 친구들이 많아 내내 행복한 시간을 보냈다. 4학년 때 강원일보 신춘문예 단편소설 부문에 당선되면서 진로에 대한 고민이 깊었다. 원래는 다른 친구들처럼 취업 준비를 할 생각이었는데, 지금 써야 할 소설을 놓치면 후회할 것 같아 고향으로 내려와 작업실을 구했다. 교수님께서 일자리를 알아봐 주신다는 얘기도 뿌리치고 내려온 터라 작업실 계약 기간 동안 틈틈이 아르바이트하면서 열심히 작품을 준비했다. 서른 살 전까지 결과가 나오지 않으면 뒤늦게나마 다시 취업 준비를 하려고 했는데 스물아홉 살에 <오늘의 작가상>을 받았다. 이후에는 작품활동을 꾸준히 이어 나가면서 글쓰기 관련 강의도 병행하고 있다.

전석순 소설가

현) 소설가

- 김유정문학촌 상주작가
- 2008년 강원일보 신춘문예 단편소설 부문 당선
- 2011년 <오늘의 작가상> 수상
- 2011년 장편소설 『철수 사용 설명서』 출간 외 다수
- 2020년 아르코문학창작기금 선정
- 평생교육진흥연구회 문예교육지도교사 자격증 취득
- 명지대학교 문예창작학과 졸업

문학작가의 스케줄

전석순
소설가의
하루

21:00 ~
▶ 원고작업, 수정
▶ 취침

10:00~11:00
▶ 기상, 식사

19:00 ~ 20:00
▶ 자료조사
▶ 개요작성
▶ 메모정리
20:00 ~ 21:00
▶ 교정지 확인

11:00 ~ 12:00
▶ 뉴스 검색
▶ 이메일 및 업무 확인
▶ 발상 훈련

16:00 ~ 18:00
▶ 독서
18:00 ~ 19:00
▶ 식사, 휴식

12:00 ~ 13:00
▶ 강의 준비
▶ 작품 첨삭
13:30 ~ 16:00
▶ 문예창작 강의
▶ 합평

어린 시절
남다른 상상력을
소유하다

▶ 어린 시절 세탁소

▶ 신춘문예 시상식

▶ 강연 모습

Question 어린 시절부터 소설에 관심이 많았나요?

어릴 때부터 이야기를 만드는 일이 무척 재미있었어요. 부모님이 하시는 세탁소에 들어가 옷을 하나하나 살펴보면서 '옷 주인은 뭐 하는 사람일까?' 떠올리면서 시간을 보냈죠. 만화영화를 보면 뒷얘기를 상상해본다거나 악당을 물리칠 때 더 재미있는 방법은 없을지 고민하곤 했죠. 그래서 길을 걷다가 멈칫하거나 멍하니 있을 때도 많았어요. 친구네 집에 놀러 가서도 호기심 가득한 눈으로 집을 둘러보면서 친구네 부모님이나 형제는 어떤 사람일지 생각해보는 데에 몰두하기도 했어요. 한편으로는 사람과 환경에 예민한 구석이 있었던 것 같아요. 다른 사람이 무심코 던진 말에도 저 혼자 고민이 깊어지기도 했어요. 혹시 제가 모르는 깊은 의미를 품고 있을까 봐요.

학년이 올라가거나 이사를 하면서 주변이 달라지면 얼마간 긴장하면서 주의 깊게 둘러보기도 했죠. 당시 책을 많이 읽기도 했지만 그만큼 주변 사람들의 이야기를 듣는 것도 무척 좋아했어요. 재미있는 이야기를 들으면 간직하고 싶어서 메모해두는 일도 많았죠. 그대로 메모하기도 했지만, 더 재미있게 부풀리거나 바꾸고 새로운 이야기를 추가하기도 했어요. 그러다 제가 겪은 일을 이야기하고 싶어졌는데 생각보다 너무 시시하더라고요. 그래서 조금씩 거짓말을 넣어 꾸며봤어요. 어쩌면 그게 소설의 시작이었을지도 모르겠어요.

Question 처음부터 소설가를 꿈꾸면서 시도하셨나요?

이야기를 지어내는 일이 재미있어서 원래는 만화가가 되려고 했어요. 그런데 막상 부딪혀보니 그림 실력이 형편없다는 걸 금세 깨달았죠. 다른 친구들보다 진도가 훨씬 느렸어요. 기껏 들어간 동아리에서도 늘 이야기만 짜다가 돌아오기 일쑤였어요. 처음부터 하나하나 배워보려고 해도 그림을 배우는 게 왠지 따분하게 느껴졌거든요. 그만큼 잘 따라가지 못했죠. 그래도 제가 잘못되었다는 생각보단 잘 안 맞는다고 생각하려고 애썼어요.

누구나 잘하는 것과 부족한 것, 좋아하는 것은 다르니까요. 그 이후 이야기를 전하는 다른 방식을 다채롭게 접해보다가 소설가가 제일 어울린다는 생각이 들었지요. 지금은 돌아서서 다른 일을 찾는 게 어렵지만, 그땐 해보고 아니다 싶으면 바꾸는 일이 쉬웠어요. 손해 볼 일도 아니었고요. 그래서 학교 다닐 때 되도록 부담 없이 많이 경험해보면 좋을 거란 생각이 들어요. 그러면 자기가 좋아하는 일에 더 가까워질 수 있거든요.

Question **학창 시절 글쓰기를 자극했던 경험이 있었나요?**

중학교를 졸업하기 전 독후감으로 상을 받아 책에 실린 적이 있었어요. 또 교내문집에도 글이 채택되어 실리기도 했죠. 처음으로 제 글이 실린 책을 보니 믿기지 않으면서도 그 어떤 일보다 기쁘더라고요. 그래서 글을 쓰는 일에 매력에 더 깊이 빠져들었던 것 같아요.

Question **소설가를 꿈꾸는 것에 부모님의 반대는 없으셨나요?**

부모님께서 반기시진 않으셨어요. 안정적인 직업이 아니어서 점점 반대가 심해지셨죠. 그래서 저도 고민이 깊어졌던 것 같아요. 그러다가 문득 글을 쓸 때만큼은 저 자신이 화장실 가는 것도 잊고 두세 시간씩 책상 앞에 앉아 꼼짝하지 않는다는 걸 깨달았죠. 그동안 어떤 일도 저를 한 자리에 가만히 두지 못했더라고요. 게임을 해도 친구와 수다를 떨어도 이만큼 오래 앉아있진 못하겠다 싶었어요. 그래서 글 쓰는 일을 얼마나 좋아하는지 깨닫고 앞으로 계속해야겠다고 마음먹었습니다. 잘 찾아보면 누구에게나 시간을 잊을 만큼 좋아하는 일이 분명히 있을 거예요.

중학생 때 막연하게 글을 써야겠다고만 생각했지 막상 어떤 글을 써야 할지 몰라 혼란스러웠어요. 그때 국어 수행평가로 시를 한 편씩 써오는 숙제가 있었거든요. 그게 처음으로 열심히 써본 글이었던 것 같아요. 국어 선생님께 잘 보이고 싶은 마음마저 더해져서 며칠 동안 고심하면서 글을 썼던 기억이 나네요. 시내 서점에 들어가서 시집 코너를 기웃거리면서 한나절을 보내기도 했어요. 그때 썼던 시를 보시고 국어 선생님께서 따로 불러 백일장에 나가보라고 하시더라고요. 그 말씀에 큰 용기를 얻어 몇 번쯤 선생님 차까지 얻어타고 백일장에 나갔답니다. 그런데 결과는 모두 탈락이었죠. 속상하면서도 죄송한 마음에 고개를 푹 숙이고 있었는데 오히려 선생님께서 위로해주시더라고요. 아직 기회는 많다고, 쓰다 보면 더 잘 쓸 수 있는 이야기를 찾을 수 있을 거라고. 그 말씀이 지금도 마음 한구석에 깊이 자리 잡고 있어요. 그래서 기운 내서 다양한 글쓰기를 시도해봤죠. 그 과정에서 압축해서 표현해야 하는 시나, 꾸밈없이 그대로 써야 하는 수필은 저와 잘 맞지 않는다는 생각을 들었죠. 고민 끝에 더 재미있는 이야기를 위해 거짓말을 섞어도 되는 소설을 써야겠다고 마음먹었어요.

문학 특기생으로
문예 창작과에
입학하다

▶ 김유정문학촌 상주작가

▶ 예전 작업실

▶ 매체와의 인터뷰 중에 (사진 출처: yes24)

학과를 선택할 때도 고민이 깊었어요. 주변에서는 작가가 되고 싶다고 하니 대부분 국어국문학과에 진학하라고 하더라고요. 담임선생님과 부모님도 비슷한 생각이셨는데, 자세히 살펴보니 제가 원하는 방향과는 수업이 다소 다르더라고요. 그래서 좀 더 적합한 전공을 찾다가 문예창작과를 알게 되었어요. 다행히 그동안 수상실적이 있어서 문학 특기자로 지원할 수 있었죠. 요즘에는 시대의 변화에 맞춰 새로운 학과가 많이 생겨나고, 또 원래 있던 학과가 세밀하게 나뉘는 경우도 많은 듯해요. 얼핏 비슷해 보여도 전혀 다른 성격의 학과가 많다 보니 자신의 진로와 맞는지 살펴보는 과정이 중요할 것 같아요.

대학에 가서는 본격적인 문학 공부를 시작했어요. 국어 교과서에서 벗어나 더 넓고 깊게 문학을 배웠죠. 그때 같은 꿈을 준비하는 친구들을 많이 만나서 무척 즐거웠어요. 그래서 비슷한 분야를 준비하는 친구들이 모여 함께하면 훨씬 든든하다는 걸 깨달았어요. 다양한 작가의 작품을 읽고 생각을 나누기도 하고, 제가 쓴 소설을 여러 명이 돌려 읽고 감상을 공유하는 과정에서 글쓰기도 조금씩 탄탄해졌어요. 이제껏 단지 작가가 되고 싶은 마음만 있었는데 대학에서 어떤 식으로 준비해야 하고 어떤 방법이 있는지도 알게 되었죠. 혼자 준비했더라면 아마도 많이 헤맸을 거예요.

본격적으로 작가로서 활동을 시작한 시점은 언제였나요?

　대학교에서 대학문학상을 받았어요. 사실 받기 전에 정말 많이 탈락했어요. 그래도 주저앉지 않고 더 준비했어요. 이게 나의 마지막 글이 아니고 계속 쓰다 보면 오늘보단 내일, 내일 보단 다음 달에 더 나은 글이 나올 거라는 믿음이 있었던 것 같아요. 누구나 준비하는 과정에서 지칠 때가 생겨요. 그때 스스로 다독일 수 있는 방식이 필요하다는 생각이 들어요. 과정에 있을 뿐인데 자칫 이미 실패라는 결과가 나와서 돌이킬 수 없다고 착각하기 쉽거든요. 그 결과 대학교 4학년 때 강원일보 신춘문예 단편소설 부문에 당선되었어요. 하지만 신춘문예에 당선된 후에도 본격적인 작가 활동을 하기에는 아직 많이 부족하다는 것을 느꼈죠. 그래서 졸업 후 취업을 준비하는 대신 춘천에 내려와 작업실을 구했죠. 틈틈이 주말 아르바이트하면서 장편소설을 준비했는데 그 과정이 마냥 순탄치만은 않았답니다. 하지만 꼭 하고 싶은 일을 충분히 해보지 않고 넘어가면 분명 후회할 것 같더라고요. 그렇게 2년 남짓 지났을 때 <오늘의 작가상>을 수상하게 되었어요. 그때부턴 본격적인 작품활동을 시작했답니다.

작가가 되고 난 후에 가장 기억에 남는 경험은 무엇일까요?

　작가가 되기 전이나 후나 글을 쓰는 것은 똑같지만 다른 점도 있어요. 가장 크게 다가오는 점은 습작기에는 내가 쓴 글을 나와 내가 허락한 주변 사람들만 읽지만, 작가가 되면 익명의 수많은 사람이 읽는다는 것이죠. 그중에는 크게 공감해주시면서 함께 읽고 좋았던 부분을 손글씨로 써주시는 분도 있어요. 그럴 때 작가로서 무척 기쁘답니다. 반대로 아쉽거나 비판적인 시선으로 보시는 분이 있을 때는 귀담아들었다가 다음 글을 쓸 때 고민해보기도 해요. 작가와의 만남 같은 자리에서는 실제로 얼굴을 뵙고 인사를 나눌 때도 무척 인상에 남아요. 작가라고 하면 자신의 마음속 이야기를 허심탄회하게 전해주는 분이 많다는 것도 기억에 남네요.

막연하게 첫 소설책을 떠올리면서 잘 쓸 수 있는 글만큼 '지금 꼭 써야 하는 글'을 고민했어요. 누구에게나 그 시기가 아니면 할 수 없는 일이 있을 거란 생각이 듭니다. 그 일을 놓치지 않고 해보는 게 무척 중요하죠. 글쓰기에서 경험적인 요소도 무시할 수 없고요. 이 글을 읽고 계신 분들도 아마 지금 이 시기에 누구보다 잘 쓸 수 있는 이야기가 하나쯤 있지 않을까 싶네요.

당시 취업을 준비하면서 힘들어하는 친구들이 많았는데 거기서 이야기를 많이 얻었어요. 그 시기에 가장 중요한 문제였고, 시간이 지나면 지금처럼 생생하게 쓰기 어려울 것 같아서 다른 소설보다 먼저 썼어요. 관찰자 처지에서 건너다보는 것과 그 안에 있는 것과는 분명 다르니까요. 그래서 이 소설이 주목받았던 이유는 공감이 아니었을까 싶어요. 우리는 나와 비슷한 이야기를 누군가 후련하게, 때로는 정확하고 섬세하게 대신해주면 호응하게 되는데, 〈철수 사용 설명서〉가 그랬던 것 같아요. 내가 사람이 아니라 기계처럼 느껴지는 마음, 더 잘하는 게 있는데 무시당하고 남들처럼 비슷한 일을 해야만 할 때의 괴로움을 많은 분이 자신의 이야기처럼 느끼셨을 거예요. 누가 내 마음을 이해해주면 그 문제가 해결되진 않았어도 한결 홀가분해지는데 이게 소설이 주는 위로라고 생각해요. 여기에 재미있는 형식도 많이 좋아해 주셨던 것 같네요.

▶ 오늘의 작가상 시상식

최근 첫 소설집을 발표했어요. 소설집은 단편소설을 모아놓은 책을 말하는데요. 그동안 장편이나 중편소설만 책으로 발표했던 터라 긴장하면서도 설레는 마음으로 독자분들과 만나고 있어요. 다음 작품을 준비하면서 칼럼이나 에세이 같은 글도 꾸준히 발표하고 있답니다. 그뿐만 아니라 글쓰기 강연도 함께 진행하고 있어요. 글을 쓰고 싶은데 막막하시거나 어려움을 느끼는 분들을 도와드리면서 저도 같이 배우고 있죠. 최근에는 유튜브가 활발해지면서 책을 소개하고 이야기는 나누는 자리에도 나가고 있어요. 사람들에게 좋은 문학작품을 소개해주고 함께 감상하는 일은 언제나 따뜻한 느낌으로 다가오더라고요. 또 책과 관련된 지역주민들과의 자리에도 참석해서 문학이 좀 더 친근하게 다가갈 수 있도록 애쓰고 있어요. 작년에는 '김유정문학촌'에서 상주 작가로 일하면서 지역작가와 문학을 알리는 다채로운 행사를 맡기도 했답니다. 작가는 글만 쓰는 거로 생각할지도 모르지만, 생각보다 무척 다양한 일을 합니다.

▶ 강연

▶ 김유정문학촌 상주작가

▶ 작가와의 만남

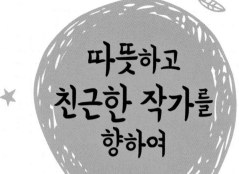

따뜻하고
친근한 작가를
향하여

▶ 작가와의 만남

▶ 낭독 녹음

Question 글을 쓸 때 작가님만의 원칙이 있으신가요?

목적 없이 글을 쓰는 것보다 마감일을 스스로 정해두고 쓰니까 게을러지지 않고 탄력이 생기더라고요. 고등학생 때도 그랬어요. 작가라는 큰 목표를 이루는 것만 생각하지 않고 그 과정에서 백일장처럼 눈앞의 작은 목표도 설정해놓으니, 준비과정을 확인해볼 수 있고 성취감도 느낄 수 있더라고요. 그래서 마감일을 달력에 표시해두고 그에 맞춰 계획을 세우고 글을 썼어요. 단순히 글을 써야겠다고 마음먹는 것보다 훨씬 체계적으로 움직일 수 있었죠.

Question 다양한 분야 중 소설을 주로 쓰는 이유는 무엇이며 소설의 매력은 무엇인가요?

소설은 있는 사실을 그대로 쓰는 게 아니라 있을 법한 이야기를 꾸며 쓰는 장르죠. 이를 두고 허구라고 부른답니다. 그래서 머릿속에 상상으로만 남겨두었던 생각에 생명을 불어넣어 구체적인 이야기로 풀어낼 수 있어요. 상상을 어떤 방식으로든 실현한다는 것은 정말 멋진 일이죠. 이 과정에 소설의 매력이 숨어 있는 것 같아요. 또한 소설은 영상이나 사진, 그림과는 다르게 스스로 상상해야만 느낄 수 있는 장르이기도 하죠. 작가가 전달하는 문장을 통해 이미지를 떠올리면서 따라가야 하는데, 이때 각자 떠올린 장면이 다를 수도 있어요. 그만큼 하나의 이야기가 사람마다 다르게 다가갈 수 있다 보니 무척 흥미롭게 느껴질 때가 많아요. 이렇게 주어진 정보만 받아서 판단하는 게 아니라 적극적으로 상상하는 과정을 거치면 타인을 이해하고 공감하는 폭도 넓어지게 됩니다. 예를 들어, 우리는 현실에서 '그 사람은 슬프다'는 식으로 타인을 두고 관찰자 처지를 취하게 되지만, 소설은 '나는 슬프다'로 써서 마치 타인이 아니라 내가 슬픈 거라고 상상하게 만들 수 있죠. 타인에 대한 이해가 넓어지면 결국 나도 타인에게 이해받을 수 있게 될 거예요. 소설이 할 수 있는 중요한 역할 중 하나죠. 각자의 위치와 상황에서 서로 다른 사람을 공감하는 일은 꼭 필요하니까요.

 **작가로서 가장 보람을 느끼는 순간과** 힘든 순간은
언제인가요?

아무래도 글을 읽고 호응해주실 때인 것 같아요. 요즘에는 의견을 나눌 수 있는 자리가 다양해지다 보니 직접 뵙진 못해도 리뷰나 SNS를 통해 감상을 전해주시기도 합니다. 그때 공감해주시고 감동이나 위로받았다고 해주실 때 제 마음 한쪽에도 온기가 생기는 듯해요. 특히 문장을 따라 읽고 써주셨을 때 더욱더 깊은 온기를 느끼죠. 날카로운 시선으로 비판하시거나 아쉬움을 전하실 때도 보람을 느껴요. 꼼꼼하게 읽고 시간을 내서 생각을 정리하는 일의 노고를 잘 알기 때문이죠. 반대로 맹목적인 비난에는 아직도 익숙해지지 않은 것 같네요. 하지만 이마저도 작가가 감당해야 할 몫이라고 생각해요. 모든 사람이 다 제 글을 좋아할 수 없으니까요. 그래도 때로는 사람들의 다양한 감상 사이에서 균형을 잡는 일이 힘들 때도 있답니다. 머릿속에 재미있는 이야기가 있는데, 막상 잘 풀어내지 못할 때나 술술 풀리던 이야기가 예상치 못한 곳에서 막힐 때도 무척 힘들어요. 때로는 며칠 동안 고민하기도 해요.

Question **작가로서 앞으로의** 비전은 무엇인가요?

먼저 앞으로도 꾸준히 글을 쓰고 싶어요. 이제껏 다루지 않았던 소재나 인물도 접해보고 싶고, 새로운 형식에도 거침없이 도전해서 작품의 폭을 넓히려고 해요. 그리고 소설뿐만 아니라 다양한 형식의 글쓰기도 공부해서 더 유연하게 이야기를 전달하는 사람이 되는 게 목표예요. 또 하나의 목표는 글쓰기를 어려워하는 사람들을 도와주는 사람이 되는 겁니다. 글을 쓰다가 막히거나 방법을 모를 때, 작가가 되고 싶은데 방법을 몰라 답답할 때, 글은 쓰고 싶은데 여건이 허락해주지 않아 속상할 때, 이들을 응원해주고 곁에서 고민해주는 사람이 되고 싶은 거죠. 저는 운 좋게 좋은 선생님과 환경을 만나서 작가를 준비하는 과정이 얼마간 수월했지만, 모든 사람이 그렇진 않을 거란 생각이 들어요. 그래서 작가라는 사람이 딱딱하고 어려운 이름이 아니라 친근하면서 언제든 도움을 받을 수 있는, 편안한 이름이 되었으면 좋겠네요.

Question ## 작가를 꿈꾸는 학생들에게 해주고 싶은 말씀이 있는지요?

무언가를 창작한다는 일은 굉장히 매력적인 일이에요. 세상을 바라보는 새롭고도 깊은 눈이 생길 수 있고, 사람들에게 위로와 감동도 전해줄 수 있는 일이죠. 물론 그 과정에서 어려움도 생기고 때로는 기운이 빠져 지치기도 하지만, 하나의 이야기가 세상에 큰 울림을 전할 때의 성취감이 모든 걸 싹 잊게 해주기도 하죠. 글쓰기를 좋아한다면 아직 서툴더라도 꼭 한 번 도전해볼 만한 일이에요. 이때 너무 막막한 상태를 이어 나가면서 안일하게 준비하는 것도 경계해야 하지만, 반대로 지나치게 조급해하거나 서두르지 말고 준비해주면 좋겠어요. 아직 준비할 시간은 넉넉하고 그만큼 많은 기회가 남아 있으니까요.

저는 빨리 작가가 되고 싶어서 조급한 마음에 한국직업사전에 소설가를 찾아본 적이 있어요. 거기엔 숙련 기간이 나와 있는데, 소설가는 10년 정도의 숙련 기간이 필요하다고 하더라고요. 하나의 직업은 단번에 얻어지는 게 아니라 숙련되는 시간이 꼭 필요하다는 것을 깨달았어요. 아마 지금도 많은 사람이 작가가 되기 위한 숙련 기간을 보내고 있을지도 모르겠네요. 좋아하는 일이라면 당장 결과가 나오지 않아도 실망하지 말고 계속 밀고 나아갔으면 좋겠습니다. 실패한 게 아니라 아직 숙련 기간이 더 필요한 것뿐이니까요. 저도 멀리서나마 마음 깊이 응원을 보내고 있을게요.

국문학과 낭만 발랄 여대생 출신이다. 막연히 품었던 세계여행의 꿈을 이루기 전 우리나라부터 샅샅이 둘러보자는 의미로 대학교 1학년 여름방학 때 국토대장정을 다녀왔다. 이후 대학 시절 동안 일본, 중국, 유럽 등을 여행했다. 하지만 졸업 후 9시 출근, 퇴근이라곤 없는 웹 에이전시에서 7년간 웹·앱 콘텐츠 기획자로 구르며 낭만과 여유로움을 잃었고, 깡과 뻔뻔함을 얻었다. 긴 인생 잠시 쉬어가고 싶은 마음에 414일간의 세계여행을 다녀왔고, <함께, 다시, 유럽>, <꿈꾸는 여행자의 그곳, 남미>, <우리 다시 어딘가에서> 등 세 권의 책을 출간했다. '현재를 즐기며 재밌게 살자'라는 인생 좌우명을 걸고, 현재 여행작가 겸 유튜버로 살고 있다.

- -

정민아 여행작가

현) 여행작가 겸 유튜버

- 웹/앱 콘텐츠 기획자
- 유튜브 www.youtube.com/ablestory (라니라니tube)
- 2021 KBS 굿모닝 대한민국 라이브<누워서 세계 속으로>출연
- 2019 고3 대상, 18개 학교에서<수능 끝, 여행 시작>특강
- 한국관광공사 공식 홈페이지 내 콘텐츠 제공 외 다수
- 2018 <우리 다시 어딘가에서> (미호) 외 다수

문학작가의 스케줄

정민아
여행작가의
하루

22:00 ~
▸ 취침

07:00~09:00
▸ 기상, 식사

18:00 ~ 20:00
▸ 저녁 식사 및 휴식
20:00 ~ 22:00
▸ 취미 생활
(독서, 스페인어 공부 등)

09:00 ~ 12:00
▸ 자택 작업실로 출근
▸ 원고 쓰기

13:30 ~ 16:00
▸ 유튜브 편집
16:00 ~ 18:00
▸ 가족과 함께
시간 보내기

12:00 ~ 13:30
▸ 점심 식사 및 휴식

신혼여행으로
세계여행을 가다

▶ 전국 방방곡곡으로 매주 가족 여행을 떠났던
어린 시절

▶ 국내부터 샅샅이 둘러보기 위해 다녀온 대학교 1학년
국토대장정

▶ 밤낮없이 열심히 일했던, 웹기획자 시절

어린 시절에 어떤 아이였나요?

저는 '2학기 반장' 스타일이었습니다. 처음부터 눈에 띄는 학생은 아니지만, '알면 알수록 매력적인 녀석'이었달까요? 얼마 전, 초등학교 졸업식 날 친구들이 적어준 롤링페이퍼를 읽어봤어요. '넌 너무 착해. 그런데 말할 때 목소리가 좀 컸으면 좋겠어.', '말수가 너무 적은 거 아니니?', '성실하고 꼼꼼하게 일을 잘 해내는 모습이 보기 좋아.' '운동과 미술도 참 잘하는 아이' 등으로 적혀 있더라고요. 이를 종합해보면, 앞으로 나서는 성격은 아니지만, 보면 볼수록 재능 많고 믿음직한 리더십이 있는 아이였던 듯합니다.

어린 시절부터 작가를 꿈꾸셨나요?

아니요. 학창 시절 장래 희망은 시기마다 변했어요. 초등학교 때에는 미술학원 선생님, 중학교 땐 굿즈 디자이너, 고등학생이 되어서는 기자, 대학생 때는 공연 기획자가 꿈이었죠. 사실 작가가 될 거라고는 생각도 못 했어요.

대학 졸업 후에는 어떤 일을 하셨나요?

대학 졸업반 시절, 공연 기획자가 되고 싶어 방송 아카데미에 다니며 연극, 뮤지컬, 콘서트 등 각종 공연 아르바이트를 했답니다. 졸업 이후 공연기획사 마케팅팀에서 인턴으로 근무했지만, 직접 부딪쳐 본 현장은 제 생각과는 괴리가 있었어요. 이를테면 당시 무급 혹은 최저 시급도 안되는 보수를 받고 수개월씩 일을 해야 할 때가 있었죠. 제 노동력에 대한 정당한 보수를 받을 수 있다는 기약도 없이 그 일에 매진할 만큼 제가 공연계 일을 사랑하지 않는다는 걸 자각했어요. 그러던 어느 날, 웹 에이전시에서 디자이너로 근무하던 친구가 "너 일 벌이는 거 좋아하잖아. 우리 회사에서 기획자를 뽑으니 한번 지원해 봐"라는 말에 원서를 넣었고 최종 합격을 했답니다. 다행히 웹 기획자로 일하는 동안 회사 가는 게 매일매일 즐겁고 재밌었어요.

신혼여행으로 414일 동안 세계여행을 가셨는데요. 가게 된 계기가 있으실 텐데요?

어린 시절부터 막연히 꿈꿨던 세계여행이었습니다. 진짜로 가게 될 줄은 몰랐어요. 사랑하는 사람을 만나 결혼을 준비하던 중, 그도 같은 꿈을 꾸고 있다는 사실을 알게 됐고, 결혼식을 끝내고 신혼여행으로 떠나기에 둘도 없이 좋은 기회라 생각했어요. 그래서 결혼식에 딱 100만 원을 들였고, 나머지 자금은 모두 신혼 세계여행에 썼습니다. 사실 현실 도피성으로 떠난 여행은 아니었어요. 오히려 웹 기획자로서 하루하루를 정말 보람차게 살아가고 있었죠. 공연기획사에 다닐 때는 어쩔 수 없이 부장님이 시켜서 하는 야근이었지만, 웹 기획자로 일하는 동안엔 스스로 너무도 즐거워서 집에 가질 않았어요. 그토록 열심히 일하던 제가 홀연 세계여행을 떠나게 된 이유는, 좋아하는 웹 기획 일을 더 오랫동안 하고 싶었기 때문이에요. 주변에서 일 중독이라 말할 정도로 일에 몰두했기에 스스로 브레이크를 걸었던 셈이죠. 머리를 식히고 더 넓은 세상을 경험하고 돌아와 같은 일을 계속할 생각이었어요. 실제로 414일간의 세계여행에서 돌아온 후 곧바로 면접을 보고 웹/앱기획자로서의 일을 이어갔습니다.

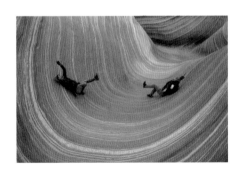

▶ 세계여행 후 집필한 세 권의 책

▶ 출판기념회

▶ 여행 중 벼룩시장에서 산 5000원짜리 드레스로 신혼 여행
컨셉 사진을 찍기도 했답니다 (미국, 더 웨이브)

Question 세계여행이 작가님에게 어떤 변화를 가져다주었나요?

여행을 통해 달라진 게 있다면 스스로에 대한 믿음과 자신감이 높아졌다는 점이에요. 떠나기 전에는 자신을 '어딘가에 소속되어 있지 않으면 밥벌이를 못 하는 사람'으로 여겼지만, 여행을 통해 제 안에 무궁무진한 가능성과 힘이 내재하여 있다는 사실을 깨달았죠. '프리랜서' 웹 기획자로 복귀함과 동시에 여행 에세이 집필 작업을 시작했고, 1년 후 첫 책이 나왔습니다. 현재는 여행작가와 웹 기획자, 유튜버까지 세 개의 직업을 갖게 되었고요.

Question 여행 스토리를 바탕으로 3권의 책을 출간하셨는데요 여행작가가 된 계기와 과정이 궁금합니다.

사실 세계여행을 하는 동안엔 훗날 책을 쓰겠다는 생각은 없었어요. 다만, 한국경제신문에 한 달에 두 번씩 원고를 기고하는 일을 가지고 떠났었죠. 여행에서 돌아와 연재했던 결과물(에세이)을 모아 여러 출판사에 제안했고, 그중 한 군데와 출간 작업을 할 수 있었어요. 종종 '여행 중 기록은 어떻게 남기는가?'라는 질문을 받기도 합니다. 함께 세계여행을 한 사진작가 남편의 경우, 눈으로 세상을 보는 시간보다 카메라 렌즈로 보는 시간이 더 많은 정도로 사진을 많이 찍곤 해요. 제 경우는 남편이 사진을 찍는 동안 한자리에 앉아 눈앞의 풍경을 충분히 감상한답니다. 때론 당시의 감정을 간단히 글로 남기기도 하지만, 대부분은 오롯이 가슴으로 그 시간을 만끽합니다. 대신 어디서 잤는지, 무엇을 먹었는지 등 여행 내내 상세히 가계부를 씁니다. 후에 남편이 찍은 사진과 제 가계부를 들여다보면 어디에 갔었는지, 그곳에서 무엇을 했는지, 무엇을 먹었는지 등의 기억과 함께 그때의 감정들이 생생히 함께 몰려오죠.

Question 작가로서 활동했던 경험 중 기억에 남는 경험을 이야기해 주세요.

　수능이 끝난 학생들을 대상으로 12월 한 달간 18개 고등학교에서 특강을 한 적이 있었어요. 강연 제목은 '뻔하지 않은 삶, 뻔하지 않은 여행'이었습니다. 시작 땐 딴짓하며 건성으로 듣던 학생들이 후반으로 갈수록 자세를 고쳐잡고 두 눈을 반짝이며 집중하는 게 느껴졌어요. "얼마 전까진 수능을 위해 객관식 보기 중 정답을 찾는 공부를 해왔어요. 하지만 이제부터 살아갈 여러분의 삶은 주관식입니다. 수능 맞춤 공부를 해왔기에 인생의 수많은 주관식 문제를 마주하는 게 어렵고 막막한 건 당연합니다. 하지만 여러분이 써 내려가는 게 여러분 삶의 정답이 될 테니 선택을 두려워하지 마세요!" 치열하게 수능 보고 대학 졸업 후 평범하게 직장 들어갔다가, 평범하지 않은 세계여행으로 인해 뻔하지 않게 살아가고 있는 제 이야기를 들려줄 수 있는 시간이었죠. 남들과 똑같이 살지 않아도 잘 살 수 있다고 이야기해 주고 싶었습니다. 강연이 끝난 후에 용기를 내어 혼자 떠나보았다는 학생, 자신만의 인생 계획을 세우기 시작했다는 학생 등 작은 파장을 느낀 학생들로부터 받은 문자 하나하나가 제게도 큰 힘을 주었어요.

여러 가지 일을 하고 계시는데, 간단한 설명 부탁드립니다.

저는 직업이 3개입니다. 하나는 여행작가, 또 하나는 유튜버 그리고 마지막은 웹·앱 기획자입니다. 원래 2020년 3월에 6살 아이와 함께 캠핑카를 타고 가는 두 번째 세계여행을 계획했어요. 당시 출발 준비를 하며 유튜브 '라니라니tube'를 개설했는데, 코로나 19 팬데믹으로 인해 좌절되었죠. 2020년 가을부터는 캠핑카로 전국 일주를 하며 매거진, 신문사, 온라인 매체 등에 여행 원고를 기고하기도 하고요. 직접 영상 편집도 하며 유튜버로서도 활동 중입니다. 가끔 들어오는 웹·앱 기획 일도 하고 있고요. 사실 돈을 많이 벌 수 있는 순서로 따지면 '15년 차 실력의 웹·앱 기획 > 여행작가로서 원고를 기고하는 일 > 아직 걸음마 단계인 유튜버로서의 수입'이 되겠지만, 평소 제 업무량으로 따지면 '유튜브 편집 > 매체 원고 쓰기 > 웹·앱 기획'의 순이랍니다. 즉, 돈이 아니라 현재의 꿈과 하고 싶은 일에 우선순위를 두어 일을 선택한다는 얘기죠.

▶ 라니라니tube 메인 화면

Question 여행작가에 대한 편견이 있다면?

여행작가는 장기 여행이 가능하니 부럽다고 하는 분들이 많아요. 저희는 세계여행뿐만 아니라 100일간의 캠핑카 전국 일주, 그리고 울릉도 캠핑카 두 달 살이를 하기도 했어요. 여행작가이기에 가능하기도 하지만, 여행작가라고 해서 모두가 장기 여행이 가능하지는 않습니다. 저는 웹·앱 기획자로도 일을 할 수 있지만, 장기 여행을 위해 받은 의뢰를 포기할 때도 많거든요. 삶은 늘 선택의 문제잖아요.

▶ 2020년, 캠핑카 전국 일주를 하며 온가족이 함께 돈독한 시간을 보냈어요.

내면 여행이 진정한 여행

▶ 여행 중 일어나는 일들을 소재로 유튜브 영상을 제작합니다.

▶ 여행하며 신문이나 잡지에 글을 기고합니다.
(한겨레매거진)

세상에서 작가로서 살아가는 의미와 보람은 무엇일까요?

장래 희망이 계속 바뀌기는 했지만, 궁극적으로는 사람들에게 감동을 주고 싶었어요. 물론 그 바람은 지금도 마찬가지고요. 감동을 전하는 방법은 여러 가지가 있을 수 있겠죠. 쉬운 예로, 드라마나 영화, 한 편의 뮤지컬로 많은 이들에게 깊은 감명을 줄 수 있잖아요. 그 시작점이 되는 게 바로 글쓰기라고 생각합니다. 영화나 드라마, 뮤지컬이라면 '대본 혹은 시나리오'가 되겠죠. 저는 글로, 책으로 사람들에게 감동과 통찰을 주고 싶어요. 제 글과 책을 읽고 설렘과 희망, 혹은 용기를 가졌다는 이야기를 들을 때 정말 보람차고 행복합니다.

Question

진로를 고민하는 학생들에게 꼭 해주고 싶은 말씀이 있다고요?

직업을 한 개로 국한 짓지 마세요. 빠르게 변화하는 현대 사회에서 평생직장, 평생 직종이란 건 다 옛말이에요. 특히 여행작가의 경우, 다른 일을 하면서도 충분히 할 수 있고요. 저는 여전히 저의 진로를 고민합니다. 5년 후, 10년 후 몇 개의 직업이 더 생길지도 기대돼요. 여러분이 좋아하는 일, 해보고 싶은 일 다 해 보고 사세요. 단, 그 분야의 1등이 되려는 욕심 말고 그 일 하는 사람 중 제일 '행복한' 사람이 되었으면 해요.

Question 작가님의 앞으로의 방향을 알고 싶어요.

사실 먼 미래에 대한 계획은 저에겐 조금 어렵습니다. 저는 그저 어떻게 하면 지금을 재밌게 보낼 수 있을지에 대해 많이 고민하는 사람이기 때문이죠. 10년 후, 20년 후 미래는 계획하지 않습니다. 길어야 2~3년 후에 대한 포부지요. 현재는 2년 후, 재작년에 좌절된 두 번째 세계여행을 갈 생각이에요. 세계여행 갈 그날을 위해 하루하루를 열심히, 즐겁게 사는 것이 지금 저의 방향성이라고 할 수 있겠네요.

Question 여행작가를 꿈꾸는 학생들에게 해주고 싶은 말씀이 있나요?

여행작가가 되기 위해서는 여행을 많이 해야겠지요? 하지만 여행이라는 행위 자체보다 중요한 것은 바로 '자기 내면을 깊게 들여다볼 줄 아는 자세'라고 봅니다. 여행작가라고 해서 단순히 그저 많이 보고, 많이 돌아다니고, 많이 경험하는 사람은 아닙니다. 그 속에서 무언가를 느끼고 생각하며, 남들이 보지 못하는 통찰력을 기를 수 있어야 해요. 그리고 이것은 반드시 여행지가 아니라 일상의 틈 속에서도 이루어질 수 있는 습관입니다. 여행을 일상처럼, 일상을 여행처럼 살아가길 바라요.

15년 차 전업 작가다. 1997년 IMF 외환위기를 겪으면서 함께 대학에서 공부했던 많은 학생이 공무원 시험을 준비하는 상황에 회의를 느꼈다. 자신과 나라의 미래가 불안했고 책을 통해서 답을 얻고자 했고, 결국 대학 시절 500여 권의 책을 읽으면서 인문학의 세계에 뛰어들었다. 책을 보면서 자연스럽게 책을 쓰고 강연으로 살아가는 길도 있음을 알게 되면서 더욱더 흥미를 느끼게 되었다.

많은 책을 접하면서 '내가 쓰면 더 잘 쓸 수 있겠다'라는 확신이 들었고, 이윽고 25살에 첫 책을 출판하게 되었다. 전업 작가로 살아가면서 생각보다 책이 많이 팔리지 않아 고민한 시간도 있었고, 전업 작가 7년 차엔 경제적인 문제에 부딪히게 된다. 제주도에 내려가서 1년간의 숙고 끝에 '이것은 모든 작가와 예술가들의 숙명적 고민이다'라는 결론을 내리며 다시금 승부수를 띄운다. '느리더라도 나의 길을 걸어간다. 빠른 성공에 조급하지 말고 천천히 최선을 다한다면 반드시 잘 될 것이다'라는 신념을 품게 되었다. 이후 2권의 책을 쓰고, 다음 해에 서울에 올라와 독서법과 책 쓰기에 관한 강의를 하면서 독자들과 소통하기 시작했다.

15년간 20권의 책을 썼고, 현재는 책 쓰기 강의에 주력하고 있으며 꾸준히 책을 집필하고 있다. 앞으로도 책과 강의를 통해 독자와의 소통을 꾸준히 이어갈 계획이다.

이상민 인문학 작가

현) 이상민책쓰기연구소 대표
- 14년 차 전업 작가
- 유로저널을 통해 유럽 19개국에 한국을 대표하는 청년 작가로 소개
- 『나이 서른에 책 3,000권을 읽어봤더니』 포함 20여 권 책 출판
- 문화체육관광부 세종도서 선정 외 다수

문학작가의 스케줄

이상민
인문학 작가의
하루

21:00 ~ 24:00
▶ 개인 독서 및 책 쓰기
24:00 ~ 01:00
▶ 하루 정리 및 수면

08:00~09:00
▶ 기상
  수강생 원고 피드백

19:00 ~ 20:00
▶ 저녁 식사 및 퇴근
20:00 ~ 21:00
▶ 운동

09:00 ~ 10:00
▶ 출근
10:00 ~ 13:00
▶ 책 쓰기 수업

14:00 ~ 17:00
▶ 독서, 출판 트렌드 분석
17:00 ~ 19:00
▶ 수강생 상담 및 피드백

13:00 ~ 14:00
▶ 점심 식사

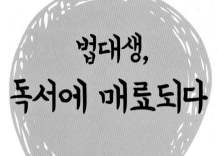

법대생,
독서에 매료되다

▶ 20대 때 모습

▶ 서점에서

▶ 서울종합과학대학원 강연 모습(경영자 독서 모임 강연)

Question 학창 시절에 어떤 성향의 학생이었나요?

학창 시절 저는 혼자 있는 걸 좋아했고 성실한 편이었죠. 생각하는 걸 좋아했고요. 책을 많이 읽지는 않았지만, 혼자서 생각을 많이 했고 생산적인 무언가를 만드는 것에 흥미가 있었어요. 특히 고등학교 때는 학업에 최선을 다했고 고등학교 1학년 때부터 3학년 때까지 계속 전교 1등을 했답니다. 고3 때는 총학생회장을 했고 기본적으로 성실과 최선을 다하는 시간을 보냈습니다.

Question 작가님의 장래 희망과 부모님의 기대 직업 사이에 마찰은 없었나요?

저는 어릴 때는 의사, 판사, 교사, 정치가, 교수 등을 생각했어요. 작가로 평생을 살아갈 것이라고는 생각하지 못했습니다. 대기업 입사와 같은 회사원은 평생 생각해본 적이 없고요. 무엇보다도 독립적으로 혼자서 하는 일을 좋아했고, 제가 주도적으로 무언가를 하는 걸 좋아하는 성향이 강했기 때문일 거예요. 부모님은 어릴 때 무엇을 하라고 압박하지는 않았어요. 그저 제가 좋아하는 것이라면 지지해주는 편이었죠. 아마도 제가 무엇을 하든 죽기 살기로 최선을 다했고, 어떤 일이든 예술적인 차원으로 끝내고자 했기에 부모님께서 저를 믿어주신 것 같아요. 부모님께서 진로에 대해 강요하지 않으셨고 저를 믿어주셨던 것이 작가를 하게 된 또 하나의 계기가 아닌가 생각됩니다.

Question 학창 시절부터 글쓰기에 관심이 많았나요?

아뇨. 학창 시절엔 글쓰기나 책 쓰기에는 전혀 흥미가 없었고, 대학은 법대로 진학했습니다. 대학 졸업 후에는 사법시험을 1년간 준비했었죠. 그러나 고시 공부가 체질에 맞지 않았고 변호사로서의 장래가 그리 밝아 보이지만은 않았습니다.

Question 작가를 꿈꾸게 된 시기는 언제부터인가요?

전업 작가는 대학 시절부터 꿈꾸어왔지만, 실행하기에는 두려웠습니다. 주변에서 책쓰기와 작가의 길을 반대했기 때문이죠. 당시만 해도 20대부터 전업 작가의 길로 뛰어드는 건 드문 일이었고, 전업 작가로 생계를 꾸려나가기가 힘들었기에 당연하다는 생각이 듭니다. 하지만 대학 졸업 1년 후에 전업 작가에 도전하게 됐죠. 대학 졸업 후에는 전업 작가와 강연가로 살아가려고 계획했고, 책과 관련된 콘텐츠를 생산하는 일을 하고자 했습니다.

Question 대학 시절에 갑자기 작가를 꿈꾸게 된 계기가 있으실 텐데요?

대학 시절 독서를 많이 하면서 작가를 꿈꾸게 되었습니다. 늘 세상은 공부를 열심히 해서 판사나 의사가 돼야 한다는 생각이 지배적인 거 같아요. 하지만 책을 읽어보니 전혀 다른 신세계였습니다. 명문대 입학, 고시 합격, 의대 진학과는 전혀 다른 삶이 있고, 다른 나라와 문화에선 우리가 믿어왔던 모든 게 완전히 다를 수 있음을 알게 되면서 큰 충격을 받았죠.

독서를 해나가시면서 작가님에게 영향을 준 작가들이 누구인가요?

책을 읽어가면서 공병호, 구본형 작가님의 이야기가 가슴에 와닿았습니다. 다치바나 다카시, 나카타니 아키히로, 피터 드러커, 톰 피터스, 오마에 겐이치, 자크 아탈리, 조용헌, 야마자키 도요코의 책도 큰 감동으로 다가왔죠. 자기 계발과 관련된 책이 제 취향을 자극하더라고요. 특히 다치바나 다카시와같은 삶을 동경했습니다.

수만 권의 책을 보면서 그야말로 지식 포식자로서의 삶을 사는 그가 동경이 되었고, 저 또한 그러한 기질이 있다는 생각이 들었죠. 저는 여러 분야에 많은 관심을 두고 있었기에 다치바나 다카시처럼 다양한 책을 쓰는 스타일로 방향을 정했습니다. 결국 많은 분야의 책을 읽었고 다방면으로 책을 써왔고, 지금도 거의 모든 종류의 책 쓰기 지도를 하고 있답니다. 많은 작가의 책을 접하면서 나도 그들만큼, 아니 그 이상이 될 수 있다는 동물적 직감이 왔어요. 그것을 믿고 도전했고, 지금 벌써 15년이 흘렀습니다.

법대생으로서 작가의 길을 선택하게 된 결정적인 이유가 궁금합니다.

'어차피 어떤 일을 해도 상위 1% 내에 드는 성공은 힘들다. 행정고시에 합격하고 행정 관료로 살아가는 삶도 힘들다. 남들은 안정적이라고 여기지만, 밤늦게까지 일해야 하고, 생각보다 박봉이며, 업무강도가 매우 높다. 그렇다면 내가 하고 싶은 일을 하자. 어차피 성공은 매우 힘든 거니까, 남들이 부러워하는 안정적인 일을 하기보다는 내가 즐겁고 행복한 그 일을 하자. 성공을 못 할 수도 있겠지. 그러니까 성공에 너무 목매지 말고 진짜 하고 싶은 걸 하자. 즐거우면 하자. 그렇게 하면서 좋아하는 것을 쭉 하다 보면 결국 경력이 쌓일 것이고 잘하게 되겠지. 좋아하면 미치고, 미치면 잘하게 되고, 그러면 기회가 올 것이다. 기회가 오기까지 시간이 오래 걸릴 것이고 때로는 험난하며 상처받는 일도 있을 것이다. 하지만 결과를 떠나 과정에서 행복을 경험한다면 그것으로 보상을 다 받은 것 아닌가? 그리고 결과까지 좋다면 그야말로 덤이라고 생각하자. 하루하루 내가 하고 싶은 일을 재미있게 하다가 저세상으로 가자.' 이런 생각을 하면서 책 쓰기에 뛰어들었고, 지금도 그러한 생각으로 살아가고 있답니다. 목표한 바를 이루어서 감사하기도 하고요.

Question **작가님에게 크게 영향을 준** 은인이 있다고요?

저에게 큰 영향을 준 분은 바로 전한길 선생님이에요. 선생님은 지금 공단기에서 한국사 강사를 하시는 선생님인데, 지금 공무원 한국사 분야에서 한국 1등 강사랍니다. 선생님은 저의 비전과 가능성을 크게 보셨고, 저의 4년간 대학등록금 전액과 생활비 전액을 후원해주신 분입니다. 동시에 작가를 하겠다고 했을 때 적극적으로 지지해주셨고, 결국 저의 첫 번째 책의 공저자가 되셨습니다. 제가 전업 작가를 하겠다고 했을 때 거의 모든 사람이 반대했어요. 완벽히 불가능한 일이라고요. 그런데 전한길 선생님은 가능성을 제시하시며 지지해주셨어요. 제가 책을 쓸 때 자료를 수집할 책들을 구매해 주시는 등 전폭적으로 후원해주셨답니다. 저는 첫 책을 6개월 동안 썼어요. 정말 다른 일은 아무것도 안한 채 책만 쓰는 일이었죠. 결국 첫 책은 전한길 선생님께서 7곳의 출판사에 투고한 후에 김영사, 다산북스, 21세기북스에서 기획출판 계약 제안을 받게 되었습니다.

▶ 강의하는 모습

3년간 14권의
집필

▶ 연수도서관 강의모습+CJ방송 촬영

▶ 송파n방송 촬영

Question 글을 처음 쓰시면서 난관은 없었나요?

저는 전문적으로 글쓰기를 배운 경험이 없습니다. 그냥 책을 많이 읽다 보니 책을 쓸 수 있다는 생각이 들었고, 전업 작가의 삶을 살 수 있을 거라는 믿음도 생겼죠. 그래서 그냥 바로 책을 썼습니다. 그런데 막상 책을 쓰다 보니 전문적으로 글쓰기를 배운 적도 없고, 책을 써본 경험도 없으니 꽤 어려운 작업이었죠. 식은땀을 흘리면서 '어떻게 해야 할까?' 고민을 많이 했답니다. 결국 선택한 방법은 필사였어요. 실제로 좋은 책의 문장을 그대로 따라서 쓰다 보면 글쓰기 실력이 좋아집니다. 그리고 서론, 본론, 결론으로 개요를 확실히 잡아놓고 글을 쓰는 것입니다. 문단별로 어떤 메시지를 쓰겠다고 염두에 두는 것도 좋은 방법이고요. 개요를 잡아놓으니 글을 쓰는 게 훨씬 수월했어요.

Question 일반인에게 글쓰기가 주는 장점이 무엇일까요?

글쓰기는 생각을 정리할 수 있고 복잡한 마음을 정리할 수 있습니다. 지식적인 차원에서는 지식을 체계적으로 정리할 수 있어 그 분야의 전문가가 될 수도 있고요. 글쓰기를 하면 자기를 잘 표현할 수도 있습니다. 사람들에게 나를 알리고 내가 누구인지를 선명하게 보여줄 수 있답니다.

작가의 길로 접어드신 후 어려움은 없었나요?

첫 책은 25살 때 썼어요. 그때는 대학 시절 읽은 책 500여 권에, 자료 수집하는 책 300여 권의 힘으로 글을 썼습니다. 그렇게 쓰고 나서 다음 책을 쓰려고 하는데, 아는 게 없어서 더는 책을 쓸 수 없다는 느낌을 받게 됐죠. 책 쓰기는 자료수집이 절대적임을 깨달고, 독서와 다큐멘터리 섭렵을 3년간 했어요. 즉, 3년간 아무것도 하지 않고 독서와 다큐멘터리만 봤답니다. 주변에서 이 기간이 불안하지 않았냐고 묻기도 합니다. 제가 책 쓰기에 제 미래를 걸었고, 자료수집은 책 쓰기의 심장인 만큼 열심히 할 수밖에 없었죠. 물론 도중에 '책이 잘 안 써지면 어쩌지? 그냥 시간만 날리면 어쩌지?' 하는 불안감은 있었어요. 그러나 결국 책이 나를 구원해줄 거라는 종교적 믿음은 확고했어요. 그래서 끝까지 책과 다큐멘터리를 보게 되었고, 15년간 이 길을 걸어올 수 있었습니다. 무슨 일이든 그 일에서 승부를 보려면 종교와도 같은 믿음이 필요함을 느껴요. 확신을 넘어 신앙이 되어야 하는 것이죠. 그리고 삶과 일이 하나가 되어 도를 닦듯이 살아가야 한다는 생각이 드네요

3년간 14권의 집필이 가능한가요?

자료수집의 과정이 큰 힘이 되었죠. 3년간 책을 14권을 쓰면서 일종의 실전 글쓰기 트레이닝을 하게 되었다고 해야 할까요? 3년간 온종일 미친 듯이 쓴 거니까요. 책 쓰기를 한 번도 지도를 받아본 적이 없는 상태에서 모든 게 시행착오였고 난관이었죠. 심지어 책의 양이 얼마나 되는지도 글자 수를 하나하나 컴퓨터에 타이핑을 치면서 알아낼 정도였으니까요. 주위에 물어볼 사람이 없었어요. 그래서 하나하나 혼자서 다 터득하느라 시간이 오래 걸렸는데, 결론적으로는 온종일 책 쓰기에 매진했기에 3년간 14권이라는 책을 집필할 수 있었습니다. 한국 내에서 3년 동안 이 정도의 다작을 하는 사람은 정말로 드뭅니다. 그렇게 자료수집으로 3년 다지고, 실전 책 쓰기로 3년 다졌더니 책 쓰기에 어느 정도 눈이 떠지더라고요.

첫 책을 쓰고 나서 대구에서 양평 두물머리로 전한길 선생님과 함께 갔습니다. 그때 강을 보며 혼자 되뇌었던 말이 아직도 생각납니다. "나는 후회가 없다. 하늘을 우러러 한 점의 부끄러움 없이 최선을 다했다." 첫 책을 쓰고 나서 가장 크게 뭉클한 감정을 느꼈죠. 출판계약, 베스트셀러 여부와 관계없이 진정으로 최선을 다해 결과물이 나왔다는 사실에 울컥했습니다. 이것은 실제로 베스트셀러가 되는 것이나 돈을 많이 버는 것과는 다른 느낌입니다. 개인적으로 베스트셀러가 되었을 때, 돈을 많이 벌었을 때보다 그 순간이 가장 큰 감격으로 남아있답니다. 아무것도 모르는 상태에서 첫 책을 완성했다는 것, 자기와의 싸움에서 승리했다는 것, 이것이 가장 큰 감격이고 보람이었죠.

Question **작가가 되면서 시도하셨던** 이색적인 도전이 있으실까요?

저는 실험을 많이 하고자 했습니다. 자기계발서, 인문서, 에세이 등 여러 영역을 드나들며 쓰고자 했죠. 책을 쓰는 속도도 조절해보았죠. 제가 쓴 <나이 서른에 책 3,000권을 읽어봤더니>는 이틀 만에 쓴 책입니다. 이틀 만에 100% 완성원고 집필을 끝냈어요. 당시 24시간 카페에서 거의 하루 16~17시간씩 몰입해서 글만 썼답니다. 밤샘 작업을 하면서 책을 다 쓰고 걸어서 집으로 걸어올 때 새벽 찬 바람이 그렇게 시원할 수 없었습니다. 정말 세상을 다 가진 것 같은 기분이었죠. 이 책은 결국 리디북스 베스트셀러 에세이 분야 1위에 오르고 카이스트 도서관 추천도서에 선정됩니다.

현재 하시는 일에 대한 설명을 부탁드립니다.

현재는 이상민책쓰기연구소를 이끌면서 시간의 상당 부분을 책 쓰기 지도에 보내고 있어요. 저는 평생 책을 한 번도 안 써본 수강생을 지도하여 프로작가로 변화시키는 일을 하고 있답니다. 제 수강생들은 저와 함께 4개월간 동거동락을 하게 됩니다. 일주일에 한 번씩 만나고, 주 5일은 온라인으로 피드백을 받으면서 집중 지도를 받게 되죠. 그렇게 한 결과물을 출판사에 원고 투고하고 기획출판 계약을 하게 됩니다. 작년(2021년 1월~11월 기준)의 경우 29명이 원고투고를 하여 28명이 기획출판에 성공했죠. 지금까지 평생 책을 안 써본 수강생을 지도하여 YES24 종합 베스트셀러 1위 작가를 배출하기도 했어요. 문화체육관광부 '세종도서'에 수상한 작가가 10여 명 되고, 수출을 7명 했습니다.

다양한 분야 중에서 인문학 도서를 선택한 이유가 무엇인가요?

어쩌면 우리는 무대 위에서 자기 역할을 연기하다가 가는 존재일 수 있습니다. 내가 이렇게 태어나고 싶어서 태어난 게 아니잖아요. 외모도, 지능도, 집안도, 국적도 다 그렇죠. 책 쓰기도 마찬가지입니다. 내가 쓰고 싶다고 다 쓸 수 있는 게 아닙니다. 독자들이 볼 때 인정을 안 하면 쓸 수가 없죠. 가령, 경제경영 분야는 그 분야의 독특한 이력이 없다면 쓰기가 쉽지 않습니다. 인문 분야도 깊이 들어가면 어려워요. 그러나 자기계발서, 일반 인문학, 에세이는 누구나 쓸 수 있어요. 저는 서울대를 나온 것도, 박사학위가 있는 것도 아닙니다. 최고의 스펙이 있는 것도 아니죠. 결국 제가 경쟁력이 있는 곳이 어디인지를 고민한 후에 이 분야를 선택하게 되었습니다. 더욱이 관심사가 이 분야에 있기도 했고요.

다양한 실험과 도전으로 작가의 지평을 넓히다

▶ 평소 카페에서 책 읽을 때 모습

▶ 책쓰기 강의 모습

▶ 책 사진

작가라는 직업의 매력은 무엇이라고 생각하시나요?

작가의 매력은 살고 싶은 대로 살아볼 수 있다는 점입니다. 읽고 싶은 책을 마음껏 읽을 수 있고, 깊이 연구해 가면서 책을 쓰고 많은 사람에게 도움을 줄 수 있죠. 여행도 많이 갈 수 있고 무엇보다도 시간을 마음대로 쓸 수 있고, 혼자서 사색한 것이 책이 되고 돈이 된다는 점이 매력적입니다. 대부분 작가를 결심 못 하는 이유가 경제적인 부분 때문이거든요. 경제적인 부분만 해결할 수 있다면 작가는 최고의 직업인 것 같아요. 요즘에는 책 판매만으로 돈을 버는 작가는 거의 없습니다. 대부분은 다른 일을 병행합니다. 주로 책과 관련된 사업들이기에 사업을 기획하고 돈을 벌면 됩니다. 그래서 경제적 자유로 나아가면 됩니다. 결국 시간을 자유롭게 보내고 싶고 공부를 좋아하고 사색을 좋아하고 여행과 자유로움을 좋아한다면 작가를 해야 합니다. 그렇게 나아가다 보면 행복이 찾아오고, 반드시 기회는 온다고 봅니다.

Question 20권의 책을 쓰셨는데요 다작할 수 있는 비법은 무엇인가요?

다작하게 된 계기가 있죠. 공지영 작가님입니다. 공지영 작가님은 초고를 하루 만에 다 쓴다는 방송을 보면서 저분은 천재라고 생각했어요. 그러면서 저도 1~2일 만에 책을 다 써보려고 했는데, 결국 실행해보니 가능했답니다. 이렇게 책을 쓰려면 자료준비를 잘해야 해요. 정확한 시장조사를 통해서 성공할 수 있는 책 쓰기 주제를 정하고, 그 후 자료수집을 2~3개월 동안 철저히 준비하죠. 그렇게 하면 아무리 못해도 한 달 내에 원고 쓰기를 마칠 수 있답니다. 일반적으로 하루 3시간 정도만 할애해도 4개월 안에 책을 쓸 수 있습니다. 보통 책 1권을 쓰는 데 필요한 시간은 300시간이거든요. 책 1권을 확실하게 쓰는 작업은 이렇게 하면 가능합니다.

다른 일도 하시면서 짧은 시간에 다작하시는 게 현실적으로 가능한가요?

다른 일을 하면서 다작을 하는 것은 불가능합니다. 그래서 요즘은 다작하지 못하고 있습니다. 요즘은 강의도 해야 하고 여러 사업도 해야 하기에 다른 공부도 필요합니다. 하지만 다작은 아니지만 1년에 1~2권의 책은 누구나 쓸 수 있습니다. 평소에 책을 많이 읽어두면 바쁜 와중에도 충분히 책을 쓸 수 있습니다. 그래서 평소 책을 많이 읽는 게 중요하죠. 바로 글을 쓰려면 잘되지 않기에 필사를 한 번 한 후에 글을 쓰면 좋고요. 그러면 글쓰기 실력이 급격히 향상합니다. 저는 공부를 좋아하고 다양한 주제에 관해서 깊이 연구하면서 다양한 책들을 썼지만, 그것이 아니라면 한 분야만 집중적으로 여러 권 쓰는 것도 괜찮은 방법이라고 봅니다. 한 분야만 여러 권 쓰게 되면, 공부가 중복되기에 책을 쓰기가 훨씬 수월하거든요.

Question

책을 쓰는 과정에서 자료수집이 그렇게 중요한가요?

물론이죠. 책을 잘 쓰는 방법은 철저한 자료수집에서 시작합니다. 독자층과 시장성 있는 주제를 선정한 후에는 그 주제와 관련된 자료수집을 해야 하죠. 책을 비롯한 다양한 자료를 보면서 자료수집을 해야 합니다. 이때는 대상 독자를 생각해야 합니다. 대상 독자에게 콘텐츠를 주는 것이 책이기 때문이에요. 그러면서 목차를 잡아야 하고, 그 후 원고 쓰기를 합니다. 책 쓰기 관련 도서들이 많이 있으니 읽어보는 걸 추천합니다.

향후 작가로서의 계획과 결심은 무엇인가요?

앞으로도 역시 책을 통해서 승부하고 싶고, 다양한 강의를 통해서 승부하고 싶어요. 실제로 여러 고민이 많습니다. 어떤 책을 써야 할까? 다음 강의로 무엇을 해야 할까? 등에 대한 고민이죠. 지금 저는 아직 30대입니다. 앞으로 다양한 책 쓰기와 강의를 통해서 승부하고 싶고, 여러 실험을 많이 할 계획입니다. 미래는 아직 모르지만, 중요한 것은 제가 할 수 있는 다양한 실험과 도전을 계속 이어가고 싶다는 점입니다. 앞으로도 도전적인 삶을 계속 살아가고 싶은 마음입니다.

작가 지망생에게 조언 한 말씀.

먼저 독서를 열심히 하세요. 독서는 책 쓰기의 기본 중 기본이죠. 책을 많이 읽지 않는 작가는 없습니다. 독서를 열심히 한 후에는 필사해 보세요. 적어도 책 10권 정도는 도전해보세요. 그 후에는 본인의 글을 써보세요. 여러 실험을 해봐야 합니다. 글의 형태도, 장르도, 주제도 바꾸면서 실험하는 거죠. 자기를 믿고 최선을 다해 나아가다 보면 어느새 좋은 작가로 성장해 있는 모습을 발견하게 될 겁니다. 건승을 기원합니다.

서울예술대학교 극작과를 졸업하였다. 방송 예능 프로그램 대본은 써 본 적이 있지만, 희곡이나 드라마 대본, 시나리오 대본을 쓴 적은 한 번도 없었다. 서른 중반에 본격적으로 책 쓰는 길을 만나서 6년을 글 쓰는 일에 몰두하고 있다. 한 가지 일에 2년을 넘기지 못했던 과거에 비하면 놀랄 일이다. 낮에는 일하고 밤에는 글을 쓰다가 아이를 갖게 된 후부터 프리랜서 작가가 되었다.

집에서는 어린 딸아이를 돌보느라 허리가 휘는 줄 알지만, 짬 날 때마다 책을 읽거나 글을 쓰며 자기만의 세계를 펼치곤 했다. 쓴 책으로는 『무명 작가지만 글쓰기로 먹고삽니다』, 『힘든 일이 있었지만 힘든 일만 있었던 건 아니다』, 『영심이, 널 안아줄게』, 『아무도 널 탓하지 않아』, 『꽂히는 글쓰기의 잔기술』 외 3권의 전자책이 있다. 현재 돌을 코앞에 둔 딸아이를 육아하면서 글쓰기, 책 쓰기, 동기부여 강연과 더불어 다음 책을 집필 중이다.

이지니 수필가

현) 6년 차 작가 (전자책 3권, 종이책 5권 집필)
- 전) m.net, mbc, sbs 방송작가
- 전) 중국어 비즈니스 통역사
- 전) 중국어 영상번역가
- 전국 도서관 글쓰기 강의 진행 다수
- 전국 도서관 및 기업체 강연 진행 다수
- 서울예술대학교 극작과 졸업

문학작가의 스케줄

이지니
수필가의
하루

21:00 ~ 21:30
▶ 아이가 잠든 9시부터
12시까지 독서, 글쓰기
22:00 ~
▶ 취침

08:00 ~ 10:00
▶ 기상 및 아침 식사 준비

15:30 ~19:30
▶ 저녁 준비 및
11개월 딸아이와 놀기
19:30 ~20:30
▶ 강의가 있을 땐
온라인 글쓰기 강의

10:00 ~ 12:00
▶ 11개월 딸아이와 놀기
▶ 강의가 있을 땐
온라인 글쓰기 강의

14:00 ~ 15:30
▶ 딸아이와 놀기
▶ 강의가 있을 땐
온라인 글쓰기 강의

12:00 ~ 14:00
▶ 점심시간
▶ 딸아이가 잠들면
독서 및 글쓰기

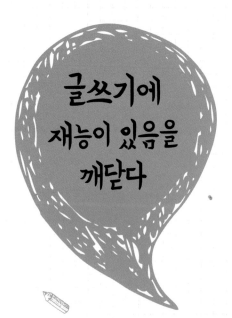

글쓰기에
재능이 있음을
깨닫다

▶ 개그맨의 피가 들끓던 어린 시절

▶ H.O.T 장우혁 오빠를 좋아하던 중학생 시절

▶ 흩날리는 낙엽에도 눈물짓던 고등학생 시절

학창 시절은 지금의 저의 모습을 상상할 수 없을 정도로 존재감이 없고 소극적인 학생이었어요. 수업 시간에 책 읽기를 시키면 심장이 반으로 줄 만큼 떨며 읽었습니다. 누군가에게 '주목받으며 무언가 하는 행위'가 제일 무서웠기 때문이죠. "오늘 5일이지? 5번, 15번, 25번, 35번은 앞에 나와서 칠판에 적힌 문제 풀어 봐" 특히 제 번호가 '그날'에 닿기라도 하면 아프다는 핑계로 결석하고 싶을 만큼 싫었답니다. 반에서 쥐 죽은 듯이 조용한 아이, 공부도 못하고 그렇다고 잘 놀지도 못한 아이, 말썽을 피워 선생님 눈에 들지도 않은 아이가 저였습니다. 초등학교, 중학교, 고등학교, 대학교를 다 합쳐서 그림자처럼 존재감 없는 저를 기억하는 선생님이 단 한 분이라도 계신다면 놀랄 일일 거예요. 이런 제가 대중 앞에 선다는 건 있을 수도, 있어서도 안 될 일이라 여겼죠. 그런 아이가 자라서 저자가 되어 강의하고 있다니...

Question 학창 시절 학교에서의 생활은 어떠셨나요?

공부에도 재능이 필요하다는 걸 절실히 깨닫습니다. 초등학교 때 누구나 다 하는 반장, 부반장을 나는 한 번도 한 적이 없답니다. 심지어 줄반장도요. 중간고사나 기말고사 시험 기간이 되면 누구보다 열심히 공부했는데도 성적의 신은 제 편이 아니었죠. 어떻게 열심히 했느냐고요? 돈을 주고 독서실을 한 달 끊어서 자정까지 공부했어요. 그리고 집에 와서도 서너 시간만 자고 일어나 공부했지요. 코피 한 번 흘린 적은 없지만, 누구보다 의자에는 오래 앉았어요. 하지만 성적은 늘 뒤에서 상위권을 달렸습니다. 당연히 '성적 우등상'은 하늘의 별을 따는 것만큼 어려운 일이었죠. 이런 제게 '글짓기'상은 오아시스에서 우물을 발견한 것보다 더 큰 감동과 기쁨을 선사했어요. '아, 나도 뭔가 잘하는 게 있구나'라는 걸 깨닫게 해준 거죠. 공부 잘하는 친구들 앞에서 늘 주눅이 들곤 했는데, 글짓기 대회에서만큼은 누구보다 입꼬리가 올라갔어요.

어린 시절 장래 희망은 무엇이었습니까?

부모님은 제가 '텔레비전'에 나오는 사람이 되는 걸 바라셨습니다. 가수가 되든, 개그맨이 되든 상관 없어요. 워낙 집 밖에서 최고의 낯가림을 선보이는 딸인지라 부모님의 꿈은 말 그대로 꿈으로만 간직하셔야 했죠. 반면에 제가 원하는 직업은 초등학교 때까지만 해도 선생님, 변호사, 가수, 아나운서 등 제각각이었어요. 그러다가 중학교 1학년이 되면서 '방송국에서 일하는 사람'을 희망하게 됩니다. 부모님이 바라시는 '화면에 나오는 사람'이 아니라, '화면에 나오는 사람들과 일하되 나는 화면에 비치지 않는 사람'인 작가가 되기로 마음먹었답니다.

Question **고등학교, 대학교 진학할 때** 어려움은 없었나요?

고등학교 진학할 때는 실업계 고등학교보다 무조건 인문계를 가길 바랐습니다. 정말 웃긴 건, 중학교 3년 내내 반에서 중간도 해본 적이 없는 성적을 소유했으면서 어떻게든, 꾸역꾸역 인문계를 고집했어요. 물론, 성적이 우수한 몇몇 친구들도 자진해서 실업계 고등학교에 진학하기도 했죠. 결국, 턱걸이인 백분율 59.9% 성적으로 어렵게 인문계 문턱을 넘었습니다. 대학교 진학 시 전공 선택에는 고민해 본 적이 없어요. 중학교 1학년 때부터 '방송작가'라는 오직 한 길만 꿈꿨기에 극작과, 문예창작과에 진학하고 싶었거든요. 어차피 이공계 쪽은 단 1%의 재능도 관심도 없었으니까요. 전공은 시나리오나 연극 및 드라마 대본을 배우는 '극작과'였지만, 하고 싶은 일은 방송국에서 대본을 쓰고 싶었어요.

Question **부모님께서 작가님께 많은 응원을 해주셨다고 들었습니다.**

공부에 재능이라고는 하나도 없는 막내딸이지만, 늘 "우리 똘똘이!", "우리 지니는 뭐든 잘할 거야!", "실패를 두려워하지 마, 시도를 안 하는 것보다 훨씬 나으니까. 우리 딸은 잘하고 있어!" 등의 긍정 향이 물씬 풍기는 말을 수없이 해주셨어요. 부모님은 제게는 스승 그 이상의 멘토입니다. 다른 사람들 눈에 저는 그저 6년 차 무명 작가지만 부모님께는 자랑스러운 딸이지요. 이 자리를 빌려 인사드리고 싶습니다. "아빠, 엄마! 두 분의 말 한마디가 지금의 저를 있게 했어요. 당근과 채찍의 비율을 적절히 주신 것 감사드리고, 제가 무엇을 하든 반대하지 않고 늘 기도로 응원해 주셔서 감사합니다. 사랑해요."

Question **작가를 꿈꾸는 학생이 지금부터 자질을 향상할 방법이 있을까요?**

일기를 꾸준히 쓰세요. 학년이 올라갈수록 공부할 과목 수와 양이 많아지니, "책 읽기도 소홀하지 마세요"라고는 차마 말을 못 하겠네요. 할 수 있으면 정말 좋고요. 초등학교에 다닐 때는 숙제로 '일기 쓰기'를 내주는 경우가 있지만, 중학교, 고등학교는 스스로 쓰지 않는 한 어렵죠. 하지만 쓰기를 좋아하고 잘하고 싶다면 교환 일기도 좋으니 쓰는 행위를 놓지 않았으면 좋겠습니다. '고작 별일 아닌 이야기를 끄적이는 게 글쓰기 혹은 작가가 되는 길에 도움이 되겠어?'라는 생각이 들 수도 있겠지만, 습관이란 무서운 거예요. 저 역시 중고등학생 때 쓴 10여 권의 교환 일기가 '글쓰기를 좋아하는 사람'으로 만들어버렸으니까요.

작가를 꿈꾸기 시작한 시기와 계기를 알 수 있을까요?

제 책 <무명 작가지만 글쓰기로 먹고삽니다>에도 나오지만, 제 나이 34살이 되기 전까지만 해도 '책을 쓰는 작가'를 단 한 번도 생각한 적이 없답니다. 글을 쓰는 행위 자체는 좋아했지만, 업으로 삼게 될 줄은 정말 몰랐어요. 2015년 겨울, 영상번역가 H 님의 권유로 중국어 관련 전자책을 3권 출간했었죠. 전자책이지만 하루에 10시간 이상 의자에 앉아 글을 써도 전혀 힘들지 않더라고요. 신기했습니다. 이후 H 님의 "이참에 종이책을 써 보는 건 어때요?"라는 한 마디가 제 인생을 완전히 바꿔놓았다고 해도 과언이 아니죠.

Question 살아오시면서 진로를 결정할 때의 기준은 무엇이었나요?

제 경우 시기별로 진로를 결정할 때 기준이 달랐어요. 20대에는 '좋아 보이는 일'을 선택했습니다. 그 예가 '방송작가'이지요. 그러나 막상 현장에 있으니, 장난이 아니더군요. 장소나 인물 섭외로 휴대전화는 늘 손에서 놓을 수 없었고, 한 평 남짓한 편집실에서 졸린 눈을 비비며 PD의 편집을 도와야 했으며, 주말까지 반납해서 일한 보상이 월 100만 원도 채 되지 않았으니까요. 제대로 잠을 자기는커녕 끼니조차 챙기지 못하게 됐고, 결국 병원 신세를 면치 못했습니다. 당시에 급여나 근무 환경이 좋은 데도 있었지만, 전 그랬어요. 그러다가 30대에는 '돈'을 좇았습니다. 이 일이 내 적성에 맞든 안 맞든 돈만 어느 정도 되면 만사오케이였어요. 결과는? 역시나 한 회사에서 최대 2년을 버티지 못했답니다. 돈은 제대로 잘 챙겼지만, 재미가 없었어요. 상사들의 눈치에 억지 야근도 견디기 힘들었고요. 서른 중반이 됐을 때 비로소 '내가 좋아하는 일, 잘하고 싶은 일, 잘할 수 있는 일'을 택했습니다. 글을 쓴다고, 책을 낸다고 많은 돈을 버는 것도 아닌데, 그저 쓰는 게 좋더라고요. 좋아하는 일을 하니까 내면과 외면이 하루하루 성장함을 느낄 수 있었습니다. 그리고 더 잘하고 싶더라고요. 글을 쓰고 도서관이나 기업체에서 강연, 강의를 하니 돈을 주시더라고요. 첫 강의료를 받은 날을 잊지 못합니다.

하나의
점과 점이 만나
선을 이룬다

▶ 배 속에 튼튼이(태명)를 품고 글쓰기 강의하는 모습

▶ 생애 첫 도서관 글쓰기 수업을 위해 만든 자료

▶ 은뜨락도서관에 있는
   '작가의 방' 모습

▶ '내가 하고 싶은 일'에서 만난 명함

Question 서울예술대학교 '극작과'를 선택하실 때 도움을 준 사람이 있었나요?

학교와 학과 선택에 결정적 도움을 준 사람은 바로 엄마예요. 고3 시절, 성적이 좋지 않아서 담임 선생님마저 대학 상담을 망설이셨거든요. 당시 엄마는 제게 이런 말씀을 하셨어요. "지니야, 서울예술대학교에 '극작과'라는 곳이 있는데, 이번에 지원해 봐. 거기는 수능 시험 점수보다 글쓰기 실기와 면접 비중이 훨씬 높다더라. 너 글 쓰는 거 좋아하잖아. 방송작가가 꿈이잖아. 나도 자세한 건 잘 모르니까 네가 인터넷 홈페이지에 들어가서 모집 요강 확인해 봐라." 평소에 저의 일상에 관여하지 않으셨던 엄마가 제게 대학교를 소개해 주셨을 때 놀라지 않을 수 없었답니다. "엄마가 이 학교를 어떻게 아셨어요?"라고 물으니, 버스 안에서 앞에 앉은 어떤 여자가 자기 친구랑 통화하는 내용을 듣고 알았다고 하시더군요.

Question '극작과'에서는 어떠한 것들을 배우나요?

전공이 '극작'이다 보니 영화 시나리오나 드라마 대본, 희곡 등을 배웁니다. 혹시 이쪽에 관심이 있는 친구들이 있다면 많은 도움이 될 것 같아요. 스스로 쓴 대본을 가지고 연극으로 꾸미는 시간도 있고요. 실제로 동기 중 몇몇은 졸업 후에 연극배우가 됐답니다.

Question 작가님께서 글쓰기를 처음 접하게 된 계기는 무엇인가요?

'글쓰기'를 처음 접하게 된 건 초등학교 때 쓴 일기입니다. 담임 선생님이 내주시는 숙제 중 '일기'는 단연 단골손님이었지요. 다른 친구들은 어땠는지 몰라도 제게는 숙제가 아닌 '즐거움'이었습니다. 그날 있었던 일 중 가장 기억에 남는 일을 요약해서 적는 게 가끔 미션처럼 곤혹스러울 때도 있었지만, 시간 가는 줄 모르고 기록하는 날이 훨씬 많았어요. 초등학교 때 쓴 일기장은 저에게 보물 1호가 됐습니다. 가끔 타임머신을 타고 과거로 돌아가고 싶을 때마다 누렇게 바랜 일기장을 펴봅니다.

Question 작가로서의 필요한 훈련의 과정이 어떤 것들이 있을까요?

특히 책을 쓰는 저자 즉, 작가를 꿈꾼다면 특별히 도움이 될 만한 활동이란 없는 듯합니다. 당장 '이 일'이 내게 어떤 결과를 가져오게 할지 몰라도 그냥 부딪히는 거예요. 크게 나쁜 짓을 저지르는 게 아니라면, 어떤 경험이든 작가에게는 '귀한 글감'이 되기 때문이지요.

질문에 답변하기 전에 이 얘기부터 해야 이해가 쉽겠네요. 저는 서울예술대학교 극작과를 졸업하자마자 감사하게도 방송작가로 일하게 됐어요. 하지만 감사도 잠시, 방송국이라는 세계가 생각보다 힘들고 어려워서 그만뒀어요. '이젠 뭘 해야 하나?' 하면서 방황할 때 불현듯 '중국어'가 배우고 싶어지더라고요. 배우고 싶은 게 있으면 얼른 실행으로 옮기는 저는, 2005년 가을에 중국 하얼빈으로 어학연수를 떠났습니다. 한국에 돌아와 무역 회사에서 중국어 비즈니스 통·번역을 하거나 중국어 교육회사에서 관련 콘텐츠를 만드는 일을 했습니다.

그 후 2014년, 평소에 중국 드라마 시청을 즐기는데 배우들의 대사를 한국어로 옮기고 싶었고, 즉시 블로그를 개설해 포스팅했어요. 대사를 번역하면서 '영상번역'에 관심이 생겼고, 즉시 관련 기관을 등록했죠. 그곳에서 만난 H 님이 영어, 중국어 영상번역가이자 제 스승님입니다. 스승님이 제 블로그를 보시더니 "지니 씨, 블로그 운영 잘하는데요? 올린 콘텐츠 중에서 전자책으로 내고 싶은 게 있는데, 어때요? 전자책 출간에 관심이 있나요?"라고 물으셨어요. 이 물음에 고민할 것도 없이 진행했고, 연이어 2권의 전자책을 더 출간할 수 있었지요. 저는 '하나의 점과 점이 만나 선을 이룬다'라는 말을 좋아합니다. 큰일을 이루기 위해서는 작아 보이는 아니, 정말로 작은 일에도 소홀하면 안 된다는 뜻이겠죠. 뭐든 실행해야 합니다. 움직여야 다음이 보이거든요. 지금 당장은 잿빛처럼 보일지라도 말이죠.

Question

작가로서 활발하게 활동을 시작했던 시기가 궁금합니다.

첫 종이책은 2017년 3월에 출간했어요. 실제로 작가로서는 첫 책을 내기 전부터 활발하게 활동했습니다. 사실 '활동'이라는 말이 무색할 정도로 '집 안에서 짬'을 이용해 다음 책을 준비했죠. 눈에 보이는 활동이라면 단연 2020년 여름부터입니다. 도서관이나 기업체 등에서의 글쓰기 수업이나 강연 등을 하면서 '글쓰기 강사'와 '강연가'라는 또 다른 이름을 얻었기 때문이에요. 이 역시 책을 썼기에 가능했겠죠.

▶ 출판계약서

Question

작가로서 활동하던 중 가장 기억에 남는 경험이나 사건을 듣고 싶습니다.

2018년 겨울, 온 세상을 뒤덮은 하얀 눈 탓에, 30분이면 닿을 그곳을 1시간 40분만에 도착했습니다. 북 토크가 아닌 생애 첫 강연을 위해서요. 전교생 앞에서 강연한 적은 처음이라 500여 명 앞에 서게 될 강당을 보니 다리에 힘이 빠졌습니다. 입 안에 있는 침은 점점 말라 갔죠. 다행히 사회자의 능숙한 진행에 편안하게 할 수 있었죠. 무엇보다 아이들의 호응이 뜨거워서 얼마나 고맙던지요. 제가 만난 수많은 실패를 나열하며 열변을 토했어요.

Question 첫 강연의 내용을 요약해서 말씀해주시겠어요?

"글쓰기는 재능이 있으면 좋겠지만, 노력으로도 얼마든지 가능해요. 그러나 경험이 없다면 속 빈 강정이죠. 나에게 서른다섯 가지의 실패가 없었고, 지혜와 깨달음을 얻지 못했다면 책을 출간할 수 없었을 거예요. 그러면 이 자리에 서 있지도 못했겠죠. 남들보다 실패를 많이 했다는 건 부끄러운 일이 아니에요. 다시 일어서지 못하고 주저앉는 게 문제죠. 우리는 오뚜기 정신을 발휘해야 해요. 오늘 전한 이야기가 짧아서 아쉽지만, 여러분 마음에 잘 닿았으면 좋겠어요. 무슨 말인지 전부 이해하지 않아도 괜찮아요. 훗날, 불현듯 오늘의 말이 뇌리에 스칠 때, 그 기억으로 청춘을 건넌다면 더 바랄 게 없겠어요."

Question 현재 하시고 계신 일에 대한 설명을 부탁드립니다.

도서관이나 기업체에서 진행하는 글쓰기 수업이 있고, 꿈이나 힐링, 글쓰기를 주제로 한 강연도 진행하고 있답니다. 육아와 살림 때문에 매일은 힘들더라도, 독서와 글쓰기(블로그, 인스타그램, 브런치 운영), 다음 원고 집필 등을 하며 지내요.

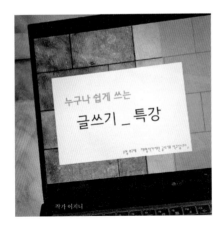

프리(Free)하지 않은 프리랜서

▶ 경기도 모 중학교에서 라디오 공개방송으로 강연하는 모습

▶ 책 『영심이, 널 안아줄게』 출간 후 교보문고에서 북콘서트하는 모습

▶ 내가 쓴 다섯 권의 저서 중 가장 아끼는 두 권

Question 글쓰기 수업도 꾸준하게 진행하시는데요 작가로서 글쓰기 수업을 진행할 수 있었던 이유가 무엇이라고 생각하시나요?

작년 여름부터 현재(2021년 11월)까지 글쓰기 수업에서 만난 분만 300여 명이 됩니다. 수강생분들의 성별, 나이, 사는 곳, 직업, 성향이 다 달라요. 가만히 저 자신에게 물어봤어요. '내가 뭐라고 이렇게 대단한 분들 앞에서, 누구보다 열심히 사는 분들 앞에서 가장 많은 말을 하고 있지?' 그건 다름 아닌 책이었습니다. 제가 그분들보다 글을 잘 써서 글쓰기 모임을 진행할까요? 아니에요. 그저 꾸준히 써서 모인 글을 책으로 엮었을 뿐입니다.

Question 작가로서 직업적 특이사항은 무엇이 있을까요?

프리랜서 작가이다 보니 제 서재 안에서 일하는 게 대부분입니다. 이동 중일 때도 책을 읽거나 글을 쓰기도 하지만요. '프리(Free)하지 않은 프리랜서'라는 말 들어 보셨나요? 제 시간을 스스로 알맞게 조율하기도 하지만, '살림과 육아' 그 어느 사이에 '작가, 강사의 자리'가 꾸역꾸역 들어갈 때가 많거든요. 아직 돌이 안 된 딸아이를 육아하면서도 몸은 육아 중이지만, 머릿속은 '다음 원고는 어떤 콘셉트로 하지?', '다음 글쓰기 수업 때에 넣으면 좋을 내용이 뭐가 있을까?' 등의 생각이 끊이지 않아요.

글쓰기의 8할은 블로그 덕분이라고 하셨는데, 그 이유는 무엇이며 작가님만의 글쓰기 비법은 무엇인가요?

평생 글을 쓰는 작가가 되기 위한 마음을 먹은 게 전자책을 3권 출간했기 때문이고, 3권을 출간할 수 있었던 건 제가 블로그에 글을 자주 올렸기 때문입니다. 지금도 저는 책을 기획할 때 목차부터 만들지 않아요. 그러면 오히려 수십 개의 에피소드를 쓰기 힘들더라고요. 블로그에 하나둘씩 글이 쌓일 때, 그 글을 책으로 엮습니다. 그럼 책을 쓰는 데에 부담이 훨씬 적어요. 한 번에 많은 양을 쓸 필요가 없기 때문이지요. 글쓰기 모임 때마다 제가 종종 하는 이야기가 있습니다. "여러분보다 제가 글을 잘 써서 작가가 된 게 아닙니다. 저는 그저 꾸준히 글을 써서 모인 글을 책으로 엮었을 뿐입니다."

작가로서 가장 보람을 느끼는 순간과 힘든 시간은 언제일까요?

보람을 느끼는 순간은 역시나 제 책을 읽은 독자님들이 자신의 블로그나 인스타그램에 긍정의 리뷰를 남겨주셨을 때죠. 제가 글 쓰는 길을 택한 건 '인세'도 '명예'도 아닙니다. '선한 영향력'을 위해서입니다. 제가 쓴 글을 읽고 누군가의 삶에 선한 영향을 끼쳤다면 이것만큼 감사한 삶, 보람이 가득한 삶이 있을까요? 반대로 터무니없는 악성 댓글로 마음에 상처가 되는 글을 만났을 때는 너무 힘들어요. 물론 좋은 의견만 들을 수는 없겠지만, 저도 사람인지라 상처를 입게 되더라고요. 아주 가끔은 '내가 이 길을 가지 말아야 하는 사람인가?'라며 저 자신을 자책하기도 합니다. 긍정 에너지가 강한 저라고 해도 정도가 심한 비난에는, 나사가 빠진 것처럼 마음이 심하게 흔들거립니다. 저도 사람이니까요. 멘탈이 좀 더 강했으면 좋겠네요.

Question 작가님만의 책을 쓰는 비결이 있다면 알려주세요.

'꾸준히 글을 쓴다'가 책을 쓰는 비결입니다. 영어나 중국어 등의 외국어를 공부할 때 어떤가요? 아무리 외국어 잘하는 팁을 알려준다고 해도 결국은 본인이 직접 입 밖으로 자주 내뱉어야 하고, 듣고 보고 말하고 쓰는 행위를 꾸준히 해야 실력이 늘겠죠. 글쓰기도 마찬가지입니다. 꾸준히 글을 써야 책으로 엮을 수 있습니다. 책을 쓰는 방법 자체는 자기가 좋아하는 분야의 책을 자주 읽으세요. 필사도 좋고요. 자주 접하다 보면 저절로 문장의 흐름이나 구성이 익혀집니다. 중요한 건, 한두 달 해서 당장 결과를 얻으려 하지 말고, 최소 100일 이상 꾸준히 하면서 책 쓰기에 도움을 받으세요.

Question 작가로서 글쓰기 이외에 필요한 것이 있다면 무엇일까요?

저자 스스로 홍보가 가능해야 출판사에서도 좋아합니다. 책이 출간됐다고 '내 일은 여기서 끝이다.'라며 손을 놓는 작가가 종종 있는데 그건 '내 책을 포기했다'라는 의미와 같아요. 출판사는 책을 판매하는 사업장입니다. 자선사업이 아닙니다. 책이 나왔다면 저자 역시 열심히 홍보해야 합니다. 가장 보편적인 건 블로그나 인스타그램 등의 SNS 운영입니다. 책이 출간될 때쯤 말고, 글을 꾸준히 쓰려는 마음이 생기는 그 시점부터 개설하세요. 몇 년이 걸리든 업데이트하세요. 미래의 독자를 만드세요.

먼 미래는 저도 잘 모르겠습니다. 현재로선 매일 주어지는 하루하루를 잘 건너는 게 제가 할 수 있는 최선이에요. 오늘 당장 글쓰기 수업이 있다면, 수강생분들에게 제가 겪은 경험이나 지식, 팁을 최선을 다해 제공해 드리는 것이겠죠. 책이든 수업이든 저를 거친 모든 분을 만족시킬 수는 없지만, 그런데도 삶에 목표나 희망을 드릴 수 있다면 좋겠습니다.

Question 작가를 꿈꾸는 학생들에게 해주고 싶은 말씀이 있나요?

취미가 영화 감상인 사람이 한 달에 한 편만 본다면? 취미가 피아노 치기라고 하면서 1년에 피아노 앞에 앉는 횟수가 10번도 되지 않는다면? 그건 좋아한다고, 취미라고 말할 수 없겠지요. 작가가 되고 싶다고 하면서 글을 자주 쓰지 않는 사람을 너무나 많이 봤어요. 글을 잘 쓰고 못 쓰고를 떠나서 글쓰기에 시간을 투자하지 않아요. 글을 잘 쓰고 싶고, 글 쓰는 사람으로 살고 싶다면 먼저 즐겨야 합니다. 흥미가 있어야 끄적이기라도 하잖아요. 처음부터 대단한 글쓰기를 생각하면 금방 질려요.

제 경우에는 스마트폰 메모 앱에 두 줄 정도의 글이 성인이 돼서 한 첫 글쓰기였습니다. 지금 딱 10년이 됐는데, 그때의 한두 줄의 메모가 지금까지 글을 쓰게 하는 원동력이 된 셈이죠. 분량은 상관이 없으니 꾸준히 기록하세요. 어떤 내용이든 좋아요. 그리고 예쁜 마음을 지닌 사람이 되도록 노력하세요. 타고난 '긍정인'은 이 세상에 없답니다. 긍정에도 노력이 필요하죠. 그리고 다양한 경험을 하세요. 경험이야말로 작가의 큰 자산입니다. 시간이 흐를수록 느낄 테지만, 경험이 많은 사람이 글도 잘 씁니다. 그만큼 자기 안에 여러 감정이 있기 때문이지요. 마지막으로, 어느 일을 하든 가장 중요하다고 생각합니다만, 건강하세요! 맑은 영혼도 중요하지만, 몸이 건강해야 다양한 경험을 누리며 오래오래 글쓰기가 수월해지니까요. 여러분의 현재와 다가올 미래를 응원합니다.

학창 시절 현역 배구선수 생활을 했다. 하지만 비전이 보이지 않아 총 10년 동안 해온 운동을 그만두었다. 이후 두 달 동안 방황을 했다. 그러다가 '왜 나를 도와주는 사람이 아무도 없지?'라는 부정적인 생각을 했지만, 결국 '그런 사람이 없으면 내가 '그런 사람'이 되어야겠다'라는 다짐을 하게 된다. 그때부터 아르바이트, 대내외활동, 봉사활동, 여행 등 다양한 경험을 해나가면서 자기 자신에 대해 찾아갔다. 20대의 나이에 세계여행을 하며 <배구로 세계를 만난다 프로젝트>와 관련된 여행 에세이 <나도 몰랐어, 내가 해낼 줄>을 출간하였다.

이어 2021년, 일상에서 겪는 일들에 대해 생각하고 느끼는 것을 풀어낸 에세이 <평범한 일상, 그리고 따듯함>을 출간했다. 현재 '경제적인 자유'를 위해 N잡러 생활을 하고 있고, 다음 책 출간을 위해 틈틈이 브런치(brunch)에다 글을 기록하고 있다. 그리고 부동산 공부 및 사업을 구상하며 준비하고 있다. 최종적인 꿈은 '사람으로 인한 상처를 사람으로 인해 치유 받는다.'라는 메시지를 전하며 작품을 쓰시는 노희경 작가와 같은 '드라마작가'이다.

장도영 독립출판 작가

현) 작가 및 N잡러

- 전) 현역 배구선수(총 10년)
- 경희대학교 스포츠지도학과 졸업 (2021)
- 평범한 일상, 그리고 따듯함(2021) 출간
- 나도 몰랐어, 내가 해낼 줄(2020) 출간
- 세계여행 총 23개국 61개 도시 여행(2019~2020)
- 배구로 세계를 만난다 프로젝트(2019~2020)

문학작가의 스케줄

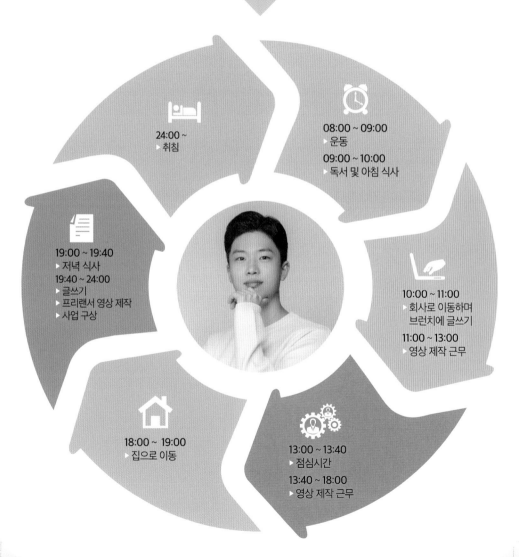

장도영
독립출판 작가의
하루

24:00 ~
▸ 취침

08:00 ~ 09:00
▸ 운동
09:00 ~ 10:00
▸ 독서 및 아침 식사

19:00 ~ 19:40
▸ 저녁 식사
19:40 ~ 24:00
▸ 글쓰기
▸ 프리랜서 영상 제작
▸ 사업 구상

10:00 ~ 11:00
▸ 회사로 이동하며
브런치에 글쓰기
11:00 ~ 13:00
▸ 영상 제작 근무

18:00 ~ 19:00
▸ 집으로 이동

13:00 ~ 13:40
▸ 점심시간
13:40 ~ 18:00
▸ 영상 제작 근무

10년간 쌓아 올린 배구선수를 그만두다

▶ 어린 시절

▶ 어린 시절

▶ 어린 시절

Question
어린 시절을 어떻게 보내셨나요?

어렸을 땐 정적인 것보단 활동적인 것을 좋아하는 아이였어요. 공부하는 걸 싫어해서 부모님께 혼났던 기억도 있고요. 활발하게 친구들과 어울렸지만 혼자 있는 것을 더 좋아했어요. 부모님은 맞벌이하셨고, 누나들과 형은 학원에 갔었기에 하교를 하고 집에 돌아오면 홀로 있던 시간이 많았어요.

Question
어린 시절부터 작가를 꿈꾸셨나요?

아니요. 학창 시절 10년 동안 배구선수로 활동했어요. 공부하기 싫어했고 운동을 곧잘 했기에 부모님은 초등학교에서 창단한 배구를 해보라고 권유하셨어요. 처음엔 걱정도 많고 두려움도 컸어요. 하지만 막상 나가서 훈련해보니 재미를 느꼈고, 평소 연습했던 것들을 시합에서 성공했을 때와 승리를 거뒀을 때의 '희열'은 어디서도 경험하지 못했던 감정이었죠.

▶ 대학교 1학년 배구선수 시절

고등학교 3학년 때 무릎 수술을 하게 되면서 시즌 아웃 판정을 받았어요. 대학을 가기 위해서 가장 중요한 시기였기 때문에 좌절감이 컸고 배구를 시작하고 처음으로 '운동을 더는 못할 수도 있겠구나'라고 생각했었죠. 그런 마음을 한편에 두고 대학에 입학했습니다. 고등학교 때까지 공격수로 활동했지만, 신장이 작아서 수비형 선수(리베로)로 포지션을 변경했답니다. 처음엔 '할 수 있다, 해보자'라는 긍정적인 마음가짐으로 열심히 했어요. 하지만 시간이 지날수록 감각적인 부분에서 이미 출중한 선수들과 비교했을 때 객관적으로 쉽지 않겠다는 생각이 들었죠. 만약 이렇게 4학년까지 시간을 보낸다면 프로에 입단하기 어려울 거로 판단했죠. 워낙 내면에서 다양한 경험을 하고자 하는 욕구가 컸기에 1학년 때 시즌이 끝난 후 10년 동안 해온 배구를 그만뒀어요. 그때 심정은 마치 '공든 탑이 한순간에 무너지는 기분'이었죠. 학창 시절 전부를 바쳐서 몰두해온 것이 이제 없어졌다는 허망함과 허탈감이 몰려왔죠. '그동안 운동만 했었는데 앞으로 뭘 하면서 살아가야 하지?'라는 불안감과 두려움도 컸고요.

다시는 돌아가고 싶지 않을 정도로 힘든 시기였죠.

처음엔 아무것도 할 수가 없었어요. 그래서 두 달 동안 저 자신조차도 저의 망가진 모습이 보기 싫어질 정도로 참 많이 방황했죠. 그러다가 어느 날 문득 '왜 나를 도와주는 사람이 아무도 없는 거지? 도대체 왜?'라는 터무니없는 생각이 들면서 화가 치밀어 올랐어요. 극심한 스트레스 끝에 정말 이상하게도 '그런 사람이 없다면 내가 '그런 사람'이 돼 보자'라고 다짐하게 됐어요. 그 이후론 닥치는 대로 할 수 있는 경험은 모두 했어요. 대학생이었기에 학점관리를 최우선으로 뒀지만, 아르바이트, 대내외활동, 봉사활동, 여행 등 다양한 경험으로 채웠어요. 돌이켜보면 끓어오르는 분노를 좋은 방향으로 승화한 것이 잘한 선택이지 않았나 싶네요. 비록 선수 생활의 끝이 나 아쉬움은 크지만, 저의 선택에 후회는 없어요. 그 시간이 없었다면 지금의 저도 없었을 테니까요.

Question 여러 나라에서 여러 가지의 경험이 있다고 들었습니다.

2015년 네팔 쿰부히말라야, 2017년 아프리카 킬리만자로를 등반했어요. 그때 이후로 여행이 아니라 '해외에서 직접 살아보면 어떨까?'라는 호기심과 욕구가 커졌죠. 그래서 2018년 호주 워킹홀리데이 비자를 받아 수도인 캔버라로 떠났어요. 호주에서 가장 인상적이었던 모습은, 뭐든지 '빨리빨리' 해야 하는 한국 문화와 달리 천천히 살아가는 모습이었어요. 특히 직업에 귀천이 없다는 게 매력이었죠. 그들은 직업으로 사람을 평가하는 게 아니라 그저 '사람 본연의 모습'을 존중해주는 느낌이었어요. 그리고 우리나라는 공동체 의식이 강한데 호주 현지인들은 개인을 더 중요시했고요. 어떤 면으론 이기적으로 보일 수 있겠지만, 일이 끝나면 본인의 시간을 충분히 즐기는 그들의 모습이 부러웠어요.

Question **1년 동안 호주에서 워킹홀리데이를 하며 달라진 점이 있다면 무엇인가요?**

1년이란 시간 동안 아는 사람이 아무도 없는 곳에서 살면서 '홀로서는 법'을 배웠어요. 한국에선 부모님 집에서 자고 먹는 게 당연하다고 여겼고, 매달 받는 용돈도 감사하기보단 적다는 생각에 불만을 품었죠. 호주에서는 모든 것을 제가 벌어서 감당해야 했어요. '돈이 이렇게 귀하구나, 내가 그동안 편하게 살아왔구나'라는 것을 깨달았죠. 많이 외로웠고 힘들기도 했지만, 좋은 사람들을 만나서 평생 잊을 수 없는 추억을 만들었고 혼자 여러 상황을 극복해나가면서 성장했어요.

Question **10~20대 시절에 다양한 경험이 왜 중요하다고 생각하나요?**

학창 시절을 돌이켜보면 그저 정해진 것 혹은 시키는 것을 하며 수동적으로 살아오지 않았나 하는 생각이 들어요. '내가 무엇을 좋아하고 싫어하는지, 나는 어떤 삶을 살아가고 싶은지'에 관해 진지하게 생각해 본 적이 없거든요. 운동을 그만두고 제 인생을 어떻게든 바꾸고 싶어서 참 많은 경험을 했는데, 그 경험 모두가 배움을 가져다주었어요. 그리고 많은 사람과 관계를 맺고 여러 일을 하면서 저 자신에 대한 이해도가 높아졌죠. 이것이 '다양한 경험이 중요한 이유'이지 않을까 싶어요. 우리는 무엇을 이루거나 가지려는 욕구는 많은데, 한정된 시간을 어떻게 사용하고 미래를 어떤 식으로 꾸려나갈지에 관해서는 관심이 별로 없는 것 같아요. 잘할 필요도 없고, 실패해도 괜찮으니 과감하게 마음속에 품은 그 일들을 과감하게 실행했으면 좋겠어요. 많은 학생이 다양한 경험 속에서 자신을 찾아가는 과정을 즐기길 진심으로 소망합니다.

▶ 세계여행을 떠나기 전 인천공항에서

배구로 세계를
만나다

▶ 아프리카 킬리만자로 등반 성공 (우후루피크 5895m)

▶ 호주 워킹홀리데이 시절 가장 친했던 친구들

 **Question** 〈배구로 세계를 만난다〉 프로젝트를 바탕으로 세계여행을 하셨는데 그 계기가 무엇인가요?

많은 사람이 꿈꾸듯 저 또한 세계여행을 꿈으로 항상 품고 있었어요. 그리고 호주에서 생활하며 더 늦기 전에 도전해야겠다고 다짐했죠. 자금이 필요했기 때문에 일주일 내내 하루 두 곳에서의 일을 몇 개월 동안 해나가면서 제 인생에서 가장 많은 돈을 모았어요. 그러다 보니 정말 어렵게 모은 돈을 편하게 여행하면서 쓰기엔 아깝다는 생각이 들더라고요. 그래서 저의 강점인 배구와 좋아했던 글쓰기를 접목해서 '배구로 세계를 만난다'라는 프로젝트를 준비했어요. 사실 과거에 배구기자로 활동했었지만, 해외 배구와 관련된 정보가 거의 없어서 아쉬움이 컸죠. 그래서 '아무도 하지 않는다면 내가 해야겠다'라고 마음을 먹었어요.

Question 세계여행을 통해서 느낀 점을 공유해주시겠어요?

세계여행을 통해 느낀 점은 정말 많지만, 그중 하나를 뽑자면 삶을 살아가는 방식이 다양하다는 거예요. 우리나라에선 더 많은 것을 갖거나 더 높은 곳에 올라가야 한다는 문화와 인식이 자리 잡혀있는데, 여러 국가를 돌아다니면서 인생엔 정답이 없고 자기의 길대로 나가면 된다는 걸 깨달았어요. 돈이 많고 적음에 따라 삶의 질은 다르겠지만, 전 세계 어딜 가든 사람이 살아가는 패턴은 비슷했어요. 일어나면 일하고, 퇴근 후엔 휴식을 취하거나 취미생활을 하고, 사랑하는 사람들과 시간을 보내는 게 전부였죠. '크게 다르지 않다'라는 사실이 왠지 모르게 큰 위안으로 다가오며, 인생의 주인공으로서 나만의 삶을 만들어야겠다는 결심과 다짐을 하게 되었죠.

 **첫 번째 책이 '여행 에세이'인데요.** 여행하면서 계속 기록하셨나요?

여행하면서 처음부터 책을 목적으로 기록하기보다는 <배구로 세계를 만난다>라는 프로젝트의 칼럼을 연재(헤럴드경제 스포츠, 네이버 스포츠)해야 했기에 꾸준히 글을 썼어요. 사실 여행한다는 것이 많은 체력을 요구하는데 돌아다니거나 취재를 다녀오면 피곤할 때가 많았죠. 그래도 제가 원해서 떠난 여행이고 하고 싶어서 선택한 프로젝트였기에 엉덩이를 의자에 붙이고 글을 완성할 때까지 잠을 자지 않았답니다.

Question 여러 작가 중에서 여행작가를 선택하신 계기가 무엇인가요?

여행하면서 기록할 때마다 '내가 지금 여행하고 있는 것인지, 아니면 일하고 있는 것인지' 헷갈리기도 했어요. 그러다가 시간이 지날수록 본격적으로 책을 써야겠다는 생각이 커졌죠. 출발하기 전에 내가 궁금했던 것들을 해소해 줄 수 있는 내용을 담는다면, 나와 같은 걱정과 두려움을 지닌 사람들에게 도움이 될 것 같았고 다시 돌아오지 않는 순간들을 기록하고 싶었어요. 훗날 글을 봤을 때 흐뭇한 미소를 짓고 싶었죠. 여행작가가 되고 싶었다기보단 정보가 필요한 사람들에게 도움을 주고 나의 소중한 순간들을 기록하고 싶었다는 표현이 옳을 것 같네요.

Question 크라우드펀딩을 통해 독립출판으로 책을 출판하셨는데요.

그 과정을 자세히 설명해주시겠어요?

신인 작가가 책을 내기 위해선 가장 먼저 '투고'라는 것을 해야 해요. 인지도가 없으니 출간기획서와 함께 3분의 1정도 완성된 원고를 출판사에 보내죠. 이 과정에서 출판사의 이메일을 찾기 위해 많은 시간을 들였고 총 50군데가 넘는 곳을 찾아서 원고를 투고했어요. 그런데 연락이 온 곳은 단 두 곳이었어요. 한 곳은 반자비 출판(출간 총비용 절반의 돈을 지급해야 함)을 말했고, 한 곳은 크라우드펀딩을 권했어요. 사실 책은 내고 싶었지만, 모았던 자금을 여행에 거의 다 쓴 상황이었거든요. 실패할 수도 있지만, 지금까지 많은 펀딩을 성공시킨 노하우가 있다는 출판사의 말에 믿음이 갔어요.

크라우드펀딩이란 자금이 필요한 수요자가 온라인 플랫폼 등을 통해 불특정 다수에게 자금을 모으는 방식이에요. 간단하게 설명하자면, 내 아이디어와 기획이 담긴 스토리를 영상이나 사진, 글로 꾸며서 많은 사람이 보는 홈페이지에 게시하면 그것을 본 사람들로부터 후원받는 겁니다. 베스트셀러였던 <죽고 싶지만 떡볶이는 먹고 싶어>도 크라우드펀딩을 활용해서 출간했죠. 좋게 생각하면 서점에서 판매하기 전에 내 책이 어느 정도의 영향력을 지니고 있는지 확인해 볼 수 있어요. 펀딩을 성공하기가 쉽지는 않겠지만, 정말 간절한 마음으로 준비하고 경험이 많은 출판사를 만난다면 꿈에 그리던 그 일들을 실제로 해나갈 수 있답니다. 참고로 크라우드펀딩 사이트는 여러 곳이 있는데 저는 '텀블벅'이라는 곳에서 진행했어요.

▶ 텀블벅 크라우드펀딩 성공 기록

여러 가지 일을 하고 계시는데 어떤 일인지 알 수 있을까요?

현재 제가 하는 일을 요즘 말로 하자면 'N잡러'라고 할 수 있을 것 같아요. 지금까지 2개의 책을 냈지만, '작가'는 저에게 그저 하나의 직업일 뿐이에요. 좋아하는 일이고 글을 쓸 때 행복하고 마음이 편안해지지만, 생계를 감당하기엔 제가 가진 필력이 아직 부족하다고 생각해요. 그래서 글쓰기 외에 영상과 관련된 업무를 하고 있어요. 회사 두 곳의 유튜브 채널을 운영하며 기획, 촬영, 편집까지 하고 있죠.

또한 그동안 배구와 관련된 활동을 열심히 한 덕분인지, 여자배구 신생구단에서 공식 배구해설가로 제안받아 프리랜서 개념으로 출연하고 있고요. 그리고 주말엔 고등학교 배구강사도 하고, 진로 강연 요청이 들어오면 제 이야기를 전하고 오죠. 누군가 "작가가 직업이 아니네요?"라고 제게 물으면 저는 아마 이렇게 답할 것 같아요. "왜 꼭 작가를 직업으로 가져야 하죠? 글쓰기는 누구나 할 수 있는 일인데요."라고요. 지금도 시간이 날 때마다 <brunch>에다 글을 쓰고 있어요. 저의 최종 꿈은 노희경 작가님과 같은 결의 작품을 써내는 '드라마작가'예요. 그 꿈에 다다를 때까지 시간이 오래 걸리더라도 글쓰기를 멈추지 않을 거예요. 사람이 일어나면 밥을 먹고 일상을 보내듯 글이란 저에게 그런 존재죠.

▶ 유튜브 잡초맨 작가 인터뷰

▶ 특강하는 모습

나의 목표는 파이어족

▶ 대한체육회 은퇴선수 작가 인터뷰

▶ 나도 몰랐어, 내가 해낼 줄(서점 인증)

▶ 나도 몰랐어, 내가 해낼 줄

▶ 평범한 일상, 그리고 따뜻함(서점 인증)

▶ 평범한 일상, 그리고 따뜻함

글을 쓸 때, 중요하게 생각하시는 원칙이 있을까요?

저에게 가장 큰 영감을 준 책이 있어요. 바로 이석원 작가의 <언제 들어도 좋은 말>이 에요. 이 책은 제가 군대 생활할 당시 하루 만에 다 볼 정도로 정말 인상 깊었죠. 글이 너무 솔직해서 '이래도 진짜 괜찮은 건가?'라는 생각이 들 정도로 신기했어요. 그때 받은 충격으로 그 이후론 최대한 꾸밈없이 있는 그대로, 그리고 누구나 편하게 읽을 수 있는 글을 쓰기 시작했답니다. 그다음으로 중요하게 생각하는 것은, 바로 평범한 일상에서 벌어지고 겪는 일들에 관하며 솔직한 나의 감정과 생각을 기록한다는 것이에요. 제가 쓴 글을 읽고 누군가가 '맞아! 나도 그랬던 적 있는데, 나만 그런 게 아니었구나'라는 생각을 품는다면, 이제껏 수고했던 모든 것을 보상받는 느낌이죠.

Question 개인적으로 글쓰기의 매력은 무엇이라고 생각하시나요?

글쓰기의 가장 큰 매력은, 마음의 평정심을 갖게 해주고 나에 대한 이해도가 높이는 게 않을까 싶어요. 살아가면서 불안과 두려움이 덮치는 것 같은 기분을 느낄 때가 있는데, 저는 그럴 때마다 생각하고 느낀 대로 글을 쓰는 습관이 있어요. 그러고 나면 언제 그랬냐는 듯 평화로움이 찾아오더라고요. 그리고 글을 쓰면서 나에 관한 사소한 것부터 하나씩 새롭게 알 수 있어서 좋아요. 내가 나를 잘 알게 되니까 무엇을 선택하거나 결정할 때, 어떤 문제가 들이닥치더라도 좋은 방향으로 나를 이끌게 되더라고요.

Question 앞으로의 계획을 알려주시겠어요?

일단은 '경제적인 자유'를 위해 살아가는 것을 최우선으로 두고 있어요. 쉽게 말해 저는 '파이어족*'을 선호해요. 하고 싶은 일을 하며 경제력도 갖추고 싶었지만, 현실적으로 쉽지 않았어요. 그래서 생각을 달리했죠. 먼저 경제적으로 자유로울 수 있다면 나중에 '내가 진짜 하고 싶은 일을 아무것도 신경 쓰지 않고 누구의 눈치도 보지 않고 온전히 그것에만 집중할 수 있지 않을까?'라고요. 그래서 현재 쉬는 날 없이 여러 일을 병행하며 그 속에서 제가 좋아하는 글을 쓰고 있답니다. 시간이 얼마나 걸리든 꼭 이룰 겁니다. 그렇다고 저를 옭아매거나 고통스럽게 하고 싶은 생각은 전혀 없어요. 건강을 우선으로 여기면서 지금처럼 과정에서 기쁜 감정을 느낄 수 있을 정도로만 할 생각이에요. 그리고 훗날 정말 하고 싶은 드라마 작품을 쓰고 싶어요.

* 파이어족: 30대 말이나 40대 초반에 조기 은퇴하겠다는 목표로, 경제 활동을 하는 20대부터 소비를 극단적으로 줄이며 은퇴 자금을 마련하는 이들을 가리킨다.

Question 진로를 고민하는 학생들에게 조언 부탁드립니다.

대학교 마지막 학기 때 들었던 수업에서 어떤 교수님께서 이런 말씀을 해주셨어요. "내 나이가 오십이 넘었는데도 너희 시기에 하는 고민을 지금도 하고 있단다. 꼭 그럴 필요는 없지만, 현재 자기 삶이 만족스럽지 않다면 하고 싶은 걸 치열하게 찾아야 해. 그리고 찾으면 포기하지 말고 끝까지 버텨. 그러면 자기도 모르게 그 일을 하는 순간이 찾아올 거야"라고요. 그 메시지는 제게 참 많은 위안을 주었어요. 인생의 절반 이상을 사신 교수님께서 '너만 그런 게 아니야'라고 공감해주신 거잖아요. 고민만 하다 보면 불안감에 휩싸이게 되는데, 일단 작게라도 무엇이든 실천해보라는 말을 전하고 싶어요.

인생은 어찌 보면 짧다고 말할 수도 있겠지만, 실제로 장기적인 경주와 같아요. 이렇게도 해보고 저렇게도 하면서 자신이 원하는 방향으로 그림을 그리면 됩니다. 어떤 직업을 가질 것인지 준비하는 것도 좋지만, '어떤 삶을 살고 싶은지'에 대한 깊은 고찰을 한 번쯤은 꼭 해봤으면 좋겠어요.

 **작가의 길에 관심 있는** 학생들에게 해주고 싶은 말씀이 있는가요?

　누군가 제게 "글을 잘 써야만 작가가 될 수 있나요?"라고 묻는다면, 저는 "아니요"라고 답할 거예요. 예전에 '글이란, 세상에 하고 싶은 말이 많은 사람이 쓰는 것이다.'라는 글을 봤어요. 저도 같은 생각입니다. 맞춤법과 띄어쓰기, 그리고 독자들이 쉽게 읽을 수 있는 문장 구성은 노력하다 보면 충분히 좋아지게 돼요. 하지만 만약 내가 말하고 싶은 이야기가 없다면? 그럼 첫 줄을 쓰는 것부터 어려울 거예요. 사람은 누구나 자기만의 이야기가 존재해요. 그것을 찾으려면 충분히 자신에 대해 사색할 수 있는 시간이 필요하죠. 만약 없다면 지금부터 만들어가면 되고요. 필력이 좋다면 작가를 전업으로 삼는 것이 좋겠지만, 저처럼 베스트셀러 작가가 되기엔 아직 부족하다면 책을 출간한 것으로 만족하고 다른 일을 하면서 꾸준히 글을 쓰면 되죠.

　우리가 글을 쓰는 이유가 성공하기 위해서라기보단 그 과정 자체가 행복해서가 아닐까요? 단 한 사람에게라도 좋은 영향을 주고 따뜻한 위안과 희망을 줄 수 있다면 저는 글을 계속 쓸 겁니다. 훗날 방 안에서 드라마 작품을 쓰고 있는 저를 상상하면 벌써 가슴이 뛰고 행복감이 몰려와요. 여러분에게는 이와 같은 꿈이 있는지요. 젊음보다 더 큰 자산은 없는 것 같아요. 주어진 시간을 본인을 위해 소중히 대하고 알차게 사용했으면 해요. 그리고 매일 마주하는 하루 속에서 스스로를 위해 사소한 것이라도 자신이 좋아하는 걸 한 가지씩 해주는 습관을 들였으면 좋겠어요. 나를 먼저 사랑할 줄 알아야 해요.

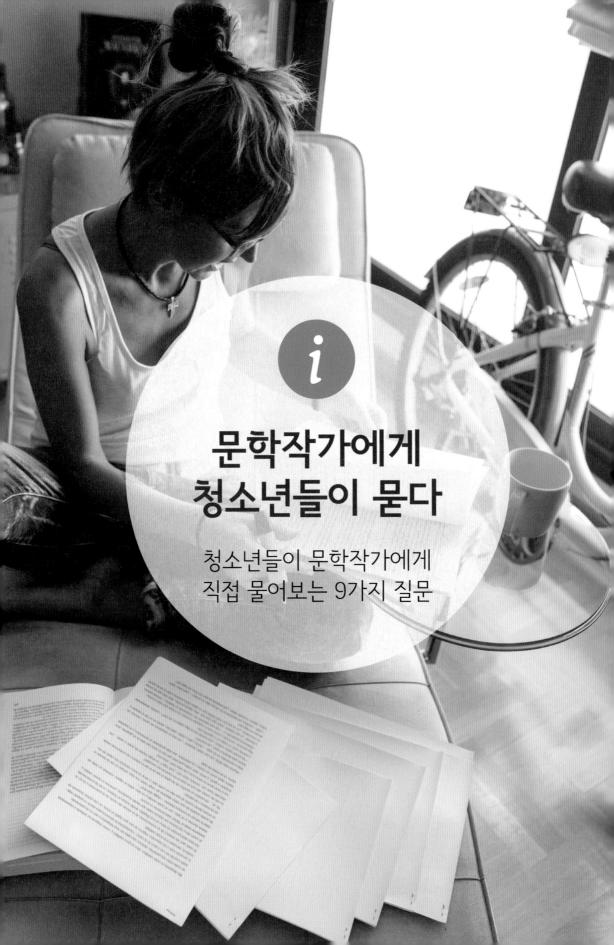

문학작가에게
청소년들이 묻다

청소년들이 문학작가에게
직접 물어보는 9가지 질문

3,000권의 책을 읽으셨다고 하셨는데요.
다독의 유익함은 구체적으로 무엇인가요?

독서는 삶의 길을 제시할 수 있습니다. 독서가 인생의 만능열쇠는 아니지만, 적어도 인생이 망하는 것을 막을 수는 있습니다. 독서는 삶을 지탱하는 힘이 있습니다. 동시에 성장의 원동력이 되기도 하고요. 독서를 통해서 사람과 세상을 읽을 수 있습니다. 책을 읽다 보면 사람은 무엇으로 살아가고, 세상은 어떤 모습인지 알게 돼요. 그리고 자기 내면에 진솔하고 깊은 질문을 던지게 됩니다. 그러면서 삶을 대하는 태도가 달라지는 것 같아요. 책에는 수많은 모범적인 사람들이 등장합니다. 그들을 보며 나의 삶의 태도와 자세를 바로 세우는 계기가 되기도 합니다. 인생은 절반 이상이 태도로 결정된다고 봅니다. 나머지 절반은 멘탈이고요. 독서를 통해 삶을 잘 살아갈 수 있는 지식과 방법을 얻게 되죠. 결국 성공하려면 좋은 방법을 알아야 하죠. 책에는 많은 방법이 나옵니다. 그것을 나의 것으로 만들어 세상과의 싸움에서 승리할 수 있습니다. 또한 폭넓은 독서는 넓은 시각을 갖추게 합니다. 역사, 정치, 경제, 교육, 문화, 과학 등의 책을 보면서 시야가 넓어지죠. 세계를 읽어내는 능력이 세상을 바르게 살 수 있는 원동력이 되거든요. 살아가면서 독서에 미쳐서 1년 정도 보내는 것도 나쁘지 않은 계획이에요.

출판사 투고 과정은 어떻게 진행이 되나요?

첫 종이책은 책 쓰기 기관에서 돈을 내고 수업을 들었습니다. 그곳 코치님이 제 이력이나 성향 등을 파악 후에 책 주제를 정해줬어요. 목차까지요. 두 번째 종이책부터 가장 최근에 나온 책까지 모두 저 스스로 기획했습니다. 물론 원고 전체는 누구의 도움 없이 혼자 썼어요. 그리고는 A4 용지 기준 100장이 됐을 때, 출판사 70군데에 이메일을 보냈습니다. 투고 인사말과 출간 기획서 그리고 원고 전문을요. 제가 쓴 글이 지정한 독자들에게 도움이 될 것을 어필했지요.

카피라이터, 만화가, 수필가, 시인으로서 각각의 매력은 무엇인가요?

저는 이 모든 직업을 서로 다른 매력으로 좋아하는데요. 광고 일의 매력은 살며 좀처럼 보기 힘든 사람들을 만날 수 있다는 것, 예를 들면 유명 연예인이나 감독님, 혹은 기업 대표 등이 있습니다. 삽시간에 대중에게 다가가는 만큼 파괴력이 높다는 점, 부가가치 역시 상당하다는 점도 매력적입니다. 수익을 보장받으며 좋아하는 창작을 할 수 있다니 정말 멋진 일이지요. 만화가나 수필가의 매력은 대중과 좀 더 친근하게 소통할 수 있다는 점과 '팬'이 생긴다는 점이죠. 저의 창작 활동을 지지해주시는 많은 독자분이 얼마나 힘이 되는지 몰라요. 마지막으로 시인의 매력은, 그 어떤 예술 장르보다 자유롭다는 것입니다. 저는 시를 쓸 때 다른 사람이 되는 것 같고, 다른 차원에 가 닿는 기분을 느낀답니다.

독립출판과 기획출판의 차이는 무엇인가요?

독립출판은 후원을 통해서 책을 출간하는 방식이고, 기획출판은 출판사가 출간하면서 발생하는 모든 비용을 부담하는 방식이에요. 냉정하게 말하자면 기획출판을 하는 게 가장 좋죠. 이유는 이미 많은 사람에게 인지도가 쌓인 출판사와 계약을 맺었다는 건 그만큼 대중적으로도 사랑받을 수 있는 확률이 높다는 뜻이니까요. 대부분의 출판사는 팔리지 않을 것 같은 책은 출간하지 않아요. 그래도 소수의 사람들에게라도 자신의 이야기를 전하고 싶거나, 나의 이야기를 기록하고 싶은데 비용을 감당할 수 없는 사람들에겐 독립출판이라는 방법이 좋지 않나 싶네요. 그리고 기획출판은 출판사에서 거의 모든 일을 담당해주기에 신경 쓸 일이 적은 편이지만, 독립출판을 하게 되면 처음부터 끝까지 저자의 손이 많이 가죠. 그만큼 배우게 되는 것이 많고, 꿈꾸던 책을 실제로 보게 되면 그동안 고생했던 모든 게 날아가는 것 같은 기분이 들어요.

유튜브 채널에 여행을 다니는 영상들이 많은데요.
학생들에게 여행이 필요한 이유는 무엇이라고 생각하시나요?

저희 아이가 5살 때 일입니다. 아이와 함께 한 달간 캠핑카 유럽 여행을 한 적이 있어요. 유럽의 여러 놀이터에서 놀면서 아이는 세상에 한국어가 아닌 다른 언어를 사용하는 사람이 있다는 사실을 스스로 깨달았죠. 어느 날, 아이가 유럽의 놀이터 한가운데에서 갑자기 'A, B, C, D, E, F, G...' 알파벳송을 부르기 시작하는 거예요. 당시 놀이터에 외국 아이들이 많이 있었기 때문에 저희 아이는 어떤 방식으로든 그 아이들과 소통하고 싶었던 거예요. 책으로만 공부했다면, 혹은 어른들의 강요로 영어를 접했다면 아이는 왜 영어를 습득해야 하는지 체감을 못 했을 거예요. 스스로 부딪치고 직접 경험해 본 세상 속에서 내가 쓰는 언어가 아닌 다른 언어가 있음을 알게 되었고, 그것을 극복하기 위해 방법을 마련한 거죠. 그날 이후, 아이는 스스로 영어에 관심을 두게 되었어요. 물론 직접 경험만 중요하다고 말씀드리는 건 아닙니다. 책을 통한 간접 경험과 더불어 체험을 통한 직접 경험의 조화를 얘기하고 싶은 거예요. 학생은 이미 책상 앞에 앉아 간접 경험을 충분히 하고 있어요. 저는 여행이라는 말 보단 '길 위에서 배운다.'라는 말을 좋아하는데요, 책상 앞에 앉아 있는 시간만큼 길 위에서 삶을 배우는 시간도 충분히 가져 보았으면 좋겠습니다.

예비 작가로서 청소년이 도움을 받을 수 있는
길이 열려 있나요?

지금은 예전보다 도움을 받을 수 있는 방향이 무척 다양해진 것 같아요. 학교뿐만 아니라 다양한 기관에서 청소년들의 꿈을 지지해주고 도움을 주고 있을 거예요. 진로를 결정했다면 해당 분야의 자료를 면밀하게 살펴보고 혼자 고민하기보단 주변에 도움을 받을 만한 선생님이나 전문가를 찾아본다면 더 좋을 것 같아요. 고민도 한결 가벼워질 거고요.

전자책과 종이책을 둘 다 쓰셨는데,
각각의 장단점은 무엇인가요?

전자책의 장점은 적은 분량으로도 책을 출간할 수 있다는 것입니다. 책 한 권 분량을 써내는 게 쉬운 일이 아니잖아요. 특히, 처음 도전하려는 분에게는 더욱이요. 전자책은 A4 10장만 넘어도 충분히 낼 수 있습니다. 단점은 유형이 아닌 무형이라 내 손으로 책장을 넘길 수 없다는 거예요. 특히 저자에게 본인이 직접 쓴 책을 만지는 기분이란 아마도 저자만이 알 수 있겠죠. 그런 의미로 첫 종이책이 출간되고 책을 손에 받았을 때의 기분을 죽어도 잊지 못한답니다. 종이책의 장점은 책을 한 권이라면 출간하면 네이버에 '인물등록'을 할 수가 있습니다. 누군가에는 필요 없을 수 있지만, 자신을 브랜딩하고 싶은 저자라면 중요하지요. 그리고 강연이나 강의 의뢰를 받기가 좋습니다. 전자책만 출간해도 강의하시는 분이 있지만, 확률로 본다면 종이책 저자가 훨씬 더 큰 비중을 차지해요. 단점이라면 아무래도 '긴 분량'일 겁니다. 적어도 A4 용지 기준 70~100은 돼야 책으로 엮을 수 있으니까요.

청소년기에 작가로서 진로를 결정한 후
어려움은 없으셨나요?

일찍 작가로 진로를 잡았지만 실제로 준비하는 데 어려움이 많았어요. 마음만 가득할 뿐 우왕좌왕할 뿐이었죠. 다행히 고등학교 올라왔을 때 소설가로 데뷔하신 작문 선생님이 계셔서 큰 도움을 받았어요. 또 문예부 활동을 하면서 담당 선생님께서도 아낌없이 지도해주셨어요. 두 분께서 어떤 책을 읽어야 하는지, 읽을 때 어떤 점을 주목해야 하는지부터 문장을 쓰는 방식과 이야기를 짜는 연습까지 세밀하게 일러주셨죠. 특히 제가 글을 썼을 때 읽어봐 주시고 호응해주시면서 고쳐야 할 부분을 세밀하게 알려주신 점이 아직도 감사하죠. 자연스레 혼자 쓰고 읽는 게 아니라 누군가와 함께한다는 생각이 들어서 차근차근 준비할 수 있었어요. 꿈을 준비하는 사람에게 응원과 관심은 무척 큰 거름이 되죠.

시인으로 등단하려면 어떻게 해야 하나요?

사실 시를 쓰는 모든 사람이 시인이라 생각하지만, '등단'이라는 제도적 확증을 받으려면 우선 '신춘문예'라는 매년 각 신문사에서 주관하는 문학상을 타는 방법이 있습니다. 그리고 각종 문예지에서도 매년 공모전을 통해 신인을 발굴합니다. 보통 시를 5편에서 10편 정도 모아서 응모하게 되는데요. 직접 쓴 시를 출력해서 우체국에서 부치는 방식으로 응모합니다. 모두 클래식한 방식을 따르는지라 온라인 투고를 받는 경우는 아직 한 번도 못 봤네요. 그렇게 작품을 보내고 몇 주에서 몇 달을 기다리면 결과를 알 수 있는데요. 모든 공모전에 수백 분이 응모하시기 때문에 경쟁률은 늘 상당합니다. 전통적인 방식은 이러하지만 근래 다양한 출판사에서 새로운 시도를 하고 있고, 독립 출판도 활발하기에 꼭 저런 방법만 있는 것은 아닙니다.

예를 들어 누군가 개인적으로 구독 서비스를 만들어 시를 발표했거나, 개인 출판으로 책을 내고 그것이 반향을 얻는다면 그 역시 당연히 시인이라 불려야겠지요. 등단 시인이든 비등단 시인이든 시인이라는 칭호를 얻기 위해서는 당연히 많은 시를 읽고 써보는 과정이 중요합니다. 아무래도 혼자 쓴다는 것은 의욕 면에서도, 발전 면에서도 버거운 일이기에 많은 문우가 수업을 통해, 혹은 문학 모임을 통해 동료를 만나곤 합니다. 저 역시 5년 넘게 들었던 여러 수업을 통해 지금도 함께 문학의 길을 걷고 있는 든든한 친구들을 만날 수 있었습니다. 모두 함께 공모전에 수없이 투고하고, 불합격 딱지를 나누며 마음을 다독였는데요. 하나둘 등단 소식이 들려올 때마다 모두 본인 일처럼 감격하곤 한답니다.

CHAPTER

| 3 |

예비
문학작가
아카데미

문학작가 관련학과

국어국문학과

학과개요

우리가 매일 접하는 모국어와 문학은 모든 학문의 기초라고 할 수 있습니다. 따라서 국어국문학과는 한국의 모든 학과의 선도자라고 해도 과언이 아닙니다. 국어국문학과에서는 우리말과 우리말로 된 문화유산을 연구하고, 한국 문학을 세계적 수준으로 끌어올릴 수 있는 인재를 키웁니다. 국어국문학과에서는 국어학, 국문학 등을 체계적으로 학습하고, 탐구하며, 글쓰기에 대해서도 배웁니다.

학과특성

최근 세계 각국에 '한류' 열풍이 불면서 한국 문화를 선도적으로 알리는 국어국문학과의 역할이 중요해지고 있습니다. '스토리텔링'과 '문화콘텐츠'의 열풍에서 알 수 있듯이, 우리는 창의적 글쓰기가 중요한 시대에 살고 있습니다. 국어국문학과를 졸업하면 이와 같은 시대에 중요한 역할을 할 수 있을 것입니다.

개설대학

지역	대학명	학과명
서울특별시	가톨릭대학교(성심교정)	국어국문학과
	가톨릭대학교(성심교정)	국어국문학전공
	건국대학교(서울캠퍼스)	국어국문학과
	경기대학교(서울캠퍼스)	국어국문학과
	경희대학교(본교-서울캠퍼스)	국어국문학과
	경희사이버대학교	한국어문화학과
	고려대학교	국어국문학과
	광운대학교	국어국문학부
	광운대학교	국어국문학과
	국민대학교	한국어문학부

지역	대학명	학과명
서울특별시	국민대학교	국어국문학전공
	국민대학교	국어국문학과
	덕성여자대학교	국어국문학과
	덕성여자대학교	국어국문학전공
	동국대학교(서울캠퍼스)	국어국문학전공
	동국대학교(서울캠퍼스)	국어국문학과
	동덕여자대학교	국어국문학전공
	동덕여자대학교	국어국문학과
	디지털서울문화예술대학교	한국언어문화학과
	명지대학교 인문캠퍼스(인문캠퍼스)	국어국문학과
	서강대학교	국어국문학전공
	서경대학교	국어국문학과
	서울대학교	국어국문학과
	서울사이버대학교	한국어문화학과
	서울시립대학교	국어국문학과
	서울여자대학교	국어국문학과
	성균관대학교	국어국문학과
	성신여자대학교	국어국문학과
	세종대학교	국어국문학전공
	세종대학교	국어국문학과
	숙명여자대학교	한국어문학부
	숭실대학교	국어국문학과
	연세대학교(신촌캠퍼스)	국어국문학과
	연세대학교(신촌캠퍼스)	한국언어문화교육전공
	이화여자대학교	국어국문학전공
	이화여자대학교	국어국문학과
	중앙대학교 서울캠퍼스(서울캠퍼스)	국어국문학과
	한국방송통신대학교	국어국문학과
	한국외국어대학교	KFL전공
	한국외국어대학교	KFL학부
	한성대학교	한국어문학부

지역	대학명	학과명
서울특별시	한성대학교	국어국문전공
	한양대학교(서울캠퍼스)	국어국문학과
	홍익대학교(서울캠퍼스)	국어국문학과
부산광역시	경성대학교	국어국문학전공
	경성대학교	국어국문학과
	동아대학교(승학캠퍼스)	한국어문학과
	동아대학교(승학캠퍼스)	국어국문학과
	동아대학교(승학캠퍼스)	국어국문학전공
	동의대학교	한국어문학과
	동의대학교	국어국문·문예창작학과
	동의대학교	국어국문학과
	부경대학교	국어국문학과
	부산대학교	국어국문학과
	부산외국어대학교	한국어문학부
	부산외국어대학교	한국어문화학부
	신라대학교	국어국문학전공
	신라대학교	국어국문학과
인천광역시	가천대학교(메디컬캠퍼스)	국어국문학과
	가천대학교(메디컬캠퍼스)	한국어문학과
	인천대학교	국어국문학과
	인하대학교	한국어문학과
	인하대학교	KLC학과
대전광역시	대전대학교	국어국문학전공
	목원대학교	국어국문학과
	배재대학교	국어국문학과
	배재대학교	국어국문한국어교육학과
	배재대학교	한국어문학과
	충남대학교	국어국문학과
	한남대학교	국어국문학과
	경북대학교	국어국문학과
	계명대학교	국어국문학전공

지역	대학명	학과명
울산광역시	울산대학교	국어국문학전공
	울산대학교	국어국문학부
	울산대학교	한국어문학전공
광주광역시	전남대학교(광주캠퍼스)	국어국문학과
	조선대학교	국어국문학과
경기도	강남대학교	국어국문학과
	경기대학교	국어국문학과
	단국대학교(죽전캠퍼스)	국어국문학과
	대진대학교	한국어문학과
	대진대학교	한국어문학부
	성결대학교	국어국문학과
	수원대학교	국어국문학
	수원대학교	국어국문학과
	아주대학교	국어국문학과
	안양대학교(안양캠퍼스)	국어국문학전공
	안양대학교(안양캠퍼스)	국어국문학과
	평택대학교	국어국문학과
	평택대학교	국어국문학전공
	한신대학교	국어국문학과
	한양대학교(ERICA캠퍼스)	한국언어문학과
강원도	강릉원주대학교	국어국문학과
	강원대학교	국어국문·영어영문학과군
	강원대학교	국어국문학전공
	강원대학교	국어국문학과
	상지대학교	국어국문학과
	상지대학교	한국어문학과
	연세대학교 미래캠퍼스(원주캠퍼스)	국어국문학전공
	연세대학교 미래캠퍼스(원주캠퍼스)	국어국문학과
	한림대학교	국어국문학전공
충청북도	건국대학교(GLOCAL캠퍼스)	동화·한국어문화학과
	건국대학교(GLOCAL캠퍼스)	한국어문학전공 트랙

지역	대학명	학과명
충청북도	건국대학교(GLOCAL캠퍼스)	동화⊠한국어문화전공
	건국대학교(GLOCAL캠퍼스)	한국어문콘텐츠전공
	서원대학교	한국어문학과
	세명대학교	한국어문학과
	청주대학교	국어국문학과
	충북대학교	국어국문학과
	한국교통대학교	한국어문학전공
충청남도	건양대학교	문학영상학과
	단국대학교(천안캠퍼스)	한국어문학과
	상명대학교(천안캠퍼스)	글로벌지역학부 한국언어문화전공
	상명대학교(천안캠퍼스)	한국어문학과
	상명대학교(천안캠퍼스)	한국언어문화학과
	선문대학교	한국언어문화학과
	선문대학교	국어국문학과
	순천향대학교	국어국문학과
	호서대학교	한국언어문화전공
	호서대학교	한국언어문화학과
	호서대학교	한국어문화학부
	호서대학교	국어국문학전공
전라북도	군산대학교	국어국문학과
	원광대학교	한국어문학부
	원광대학교	국어국문학과
	원광디지털대학교	한국어문화학과
	전북대학교	국어국문학과
	전주대학교	국어국문학전공
	전주대학교	한국어문학과
전라남도	목포대학교	국어국문학과
	세한대학교	관광한국어학과
경상북도	대구가톨릭대학교(효성캠퍼스)	한국어문학과
	대구가톨릭대학교(효성캠퍼스)	한국어문학부
	대구가톨릭대학교(효성캠퍼스)	국어국문학전공

지역	대학명	학과명
경상북도	대구대학교(경산캠퍼스)	한국어문학·문화학과
	대구대학교(경산캠퍼스)	한국어문학과
	대구대학교(경산캠퍼스)	한국어문학부
	대구대학교(경산캠퍼스)	국어국문학과
	대구대학교(경산캠퍼스)	한국어문학부(국어국문학전공)
	대구한의대학교(삼성캠퍼스)	한국어문학과
	동국대학교(경주캠퍼스)	국어국문학과
	동국대학교(경주캠퍼스)	국어국문학전공
	안동대학교	국어국문학과
	영남대학교	국어국문학과
	위덕대학교	통상언어전공
경상남도	경남대학교	한국어문학전공
	경남대학교	국어국문학과
	경남대학교	한국어문학과
	경상국립대학교	국어국문학과
	경상국립대학교	국어국문한문학과군
	인제대학교	국어국문학과
	창원대학교	국어국문학과
제주특별자치도	제주대학교	국어국문학과
세종특별자치시	고려대학교 세종캠퍼스(세종캠퍼스)	국어국문학과

문예창작과

학과개요

창조의 정신에 근거하여 문학예술의 이론을 탐구하고 그 실제를 습작 실천하여 이론과 실제 양면에 통달한 문예 인력을 양성합니다. 즉 창작에 필요한 구체 실기를 정리 점검하여 육성하고 민족의 삶과 문화에 내재한 진정성의 모티프를 발현시킬 안목을 길러 문예창작의 이를 수 있도록 하여 한국 문화를 주도하고 나아가 인류 문화의 창달에 이바지할 것을 교육 목표로 합니다. 이를 위해 시, 소설, 희곡, 수필, 아동문학, 드라마 등 전통 문학 갈래뿐만 아니라 대중문학, 영상문학, 사이버문학, 독서문화비평, 각종 글쓰기지도, 광고언어 등 다양한 영역에 걸쳐 관련 이론과 실기교육을 병행합니다.

학과특성

문예창작과는 국어를 매개로 한 표현 능력을 연마하며 문학의 각 장르에 걸쳐 그 창작에 필요한 자질과 역량을 양성하여 이론과 실무 지식을 겸비할 수 있도록 하여 문학 창작가, 문학교사, 출판 · 편집 · 홍보 분야로 진출할 수 있습니다.

개설대학

지역	대학명	학과명
서울특별시	동국대학교(서울캠퍼스)	문예창작학과
	명지대학교 인문캠퍼스(인문캠퍼스)	문예창작학과
	명지전문대학	문예창작과
	서울과학기술대학교	문예창작학과
	서울디지털대학교	문예창작학과
	세종사이버대학교	문예창작학과
	한양여자대학교	문예창작과
부산광역시	동아대학교(승학캠퍼스)	문예창작학과
	동의대학교	문예창작학과
대전광역시	한남대학교	문예창작학과
대구광역시	계명대학교	문예창작학과
광주광역시	조선대학교	문예창작학과
경기도	경기대학교	문예창작학과
	대진대학교	문예창작학과
	두원공과대학교	방송작가전공
	두원공과대학교	방송작가전공(3년제)
	서울예술대학교	극작전공
	서울예술대학교	문예창작전공
	장안대학교	미디어스토리텔링과(인문)
경기도	장안대학교	디지털문예창작학과
	장안대학교	미디어스토리텔링과
	장안대학교	디지털문예창작과
	중앙대학교 안성캠퍼스(안성캠퍼스)	문예창작학과
	청강문화산업대학교	웹소설창작전공

지역	대학명	학과명
경기도	한신대학교	문예창작학과
	협성대학교	문예창작학과
강원도	강원대학교(삼척캠퍼스)	문예창작학과
충청남도	한서대학교	문예창작학과
전라북도	백제예술대학교	방송시나리오극작과
	우석대학교	문예창작학과
	원광대학교	문예창작학과
전라남도	순천대학교	문예창작학과
세종특별자치시	한국영상대학교	미디어창작과
서울특별시	동국대학교(서울캠퍼스)	국어국문문예창작학부
	동국대학교(서울캠퍼스)	문예창작학전공
	서울디지털대학교	문화예술학부(문예창작학과)
	서울사이버대학교	웹·문예창작학과
	숭실대학교	예술창작학부 문예창작전공
	한국예술종합학교	서사창작과
부산광역시	동서대학교	영상문학전공
	신라대학교	문예창작비평학과
대전광역시	대전대학교	국어국문창작학부
	대전대학교	국어국문창작학전공
	대전대학교	국어국문창작학과
	한남대학교	국어국문·창작학과
경기도	한경대학교	문예창작미디어콘텐츠홍보전공
충청북도	건국대학교(GLOCAL캠퍼스)	동화미디어콘텐츠전공
	건국대학교(GLOCAL캠퍼스)	동화미디어콘텐츠학과
	건국대학교(GLOCAL캠퍼스)	미디어문예창작전공 트랙

출처: 워크넷

문학이란?

　문학(文學, 영어: literature)은 언어를 예술적 표현의 제재로 삼아 새로운 의미를 창출하여, 인간과 사회를 진실하게 묘사하는 예술의 하위분야이다. 간단하게 설명하면, 언어를 통해 인간의 삶을 미적(美的)으로 형상화한 것이라고 볼 수 있다. 문학은 원래 문예(文藝)라고 부르는 것이 옳으며, 문학을 학문의 대상으로서 탐구하는 학문의 명칭 역시 문예학이다. 문예학은 음악사학, 미술사학 등과 함께 예술학의 핵심 분야로서 인문학의 하위범주에 포함된다.

　일반적으로 문학의 정의는 텍스트들의 집합이다. 각각의 국가들은 고유한 문학을 가질 수 있으며, 이는 기업이나 철학 조류, 어떤 특정한 역사적 시대도 마찬가지이다. 흔히 한 국가의 문학을 묶어서 분류한다. 예를 들어 고대 그리스어, 성서, 베오울프, 일리아드, 그리고 미국 헌법 등이 그러한 분류의 범주에 들어간다. 좀 더 일반적으로는 문학은 특정한 주제를 가진 이야기, 시, 희곡의 모음이라 할 수 있다. 이 경우, 이야기, 시, 그리고 희곡은 민족주의적인 색채를 띨 수도 아닐 수도 있다. 문학의 한 부분으로서 특정한 아이템을 구분 짓는 일은 매우 어려운 일이다. 어떤 사람들에게 "문학"은 어떠한 상징적인 기록의 형태로도 나타날 수 있는 것이다. 이를테면 이미지나 조각, 또는 문자로도 나타날 수 있다. 그러나 또 다른 사람들에게 있어 문학은 오직 문자로 이루어진 텍스트로 구성된 것만을 포함한다. 좀 더 보수적인 사람들은 그 개념이 꼭 물리적인 형태를 가진 텍스트여야 하고, 대개 그러한 형태는 종이 등의 눈에 보이는 매체에서 디지털 미디어까지 다양할 수 있다.

더 나아가 보면, "문학"과 몇몇 인기 있는 기록 형태의 작업, 소위 대중문학 사이에는 인식할 수 있는 차이점이 존재한다. 이때 "문학적인 허구성"과 "문학적인 재능"이 종종 개별적인 작품들을 구별하는 데에 사용된다. 예를 들어, 찰스 디킨즈의 작품들은 대부분 사람에게 "문학적인 것"으로 받아들여지지만, 제프리 아처의 작품들은 영문학이라는 일반적인 범주 아래 두기에는 다소 가치가 떨어지는 것으로 생각된다. 또한 예를 들어 문법과 어법에 서투르거나, 이야기가 혼란스러워 신뢰성을 주지 않거나, 인물들의 성격에 일관성이 없을 때도 문학에서 제외될 수 있다. 로맨스, 범죄소설, 과학소설 등의 장르 소설도 때로 "문학"이 아닌 것으로 간주하는 예도 있다. 이들은 대부분 대중문학의 범주에 포함된다.

출처: 위키백과

문학의 갈래

■ 시

　시(詩, Poetry)는 일정한 형식에 의하여 통합된 언어의 울림, 운율, 조화 등의 음악적 요소와 언어에 대한 이미지 등 회화적 요소를 통해서 독자의 감정이나 상상력을 자극하는 문학 작품의 한 형식이다.

■ 소설

　작가의 상상력 또는 사실에 바탕을 두고 주로 허구로 이야기를 꾸며 나간 산문체의 문학 양식. 일정한 구조 속에서 배경과 등장인물의 행동, 사상, 심리 따위를 통하여 인간의 모습이나 사회상을 드러낸다. 분량에 따라 장편·중편·단편·엽편으로, 내용에 따라 과학소설·역사 소설·추리 소설 따위로 구분할 수 있으며, 옛날의 설화나 서사시 등의 전통을 이어받아 근대에 와서 발달한 문학 양식이다. 한국에서는 소설이라는 상위 카테고리가 있고 단편소설, 중편소설, 장편소설로 분량으로 구분된다는 인식으로 접근한다.

■ 수필

　수필(隨筆) 또는 에세이(essay)는 생각을 자유롭게 표현한 산문 문학이다. 주제에 따라 일상생활처럼 가벼운 주제를 다루는 경수필과 사회적 문제 등의 무거운 주제를 다루는 중수필로 나뉜다. 특히 중수필에서 사회적 이슈를 주제로 쓴 것을 칼럼이라 한다.

■ 희곡

　희곡(戱曲)은 문학의 한 형식으로, 대사(臺詞)를 중심으로 하여 인물의 동작이나 무대 효과에 관한 스테이지 디렉션(Stage Directions)을 첨가하여, 문자로 표현한 것을 말한다. 극장·관객·배우와 함께 연극을 형성하는 기본 요소이다.

■ 평론

　평론(評論) 또는 논평(論評), 비평(批評, Review)은 사회 전 분야에 대해 평가하는 작업을 말한다. 예술 작품, 문화 현상, 상품 등 평론의 대상에는 제한이 없다. 평론하는 사람은 평론가(評論家)라고 한다.

출처: 위키백과/ 나무위키

한국문학이란?

한국문학(韓國文學) 또는 국문학은 한국인 또는 한국어를 구사하는 사람이 한국의 사상과 감정, 정서 등의 가치 있는 체험을 바탕으로 하여 그 시대의 표현 방식을 빌려 형상화한 문학의 총칭이다. 동아시아의 보편적인 문자인 한문으로 글을 썼더라도 한민족의 정서를 표현한 것이라면 국문학이라고 규정한다. 한국문학이 오늘날 문학이라는 낱말 밑에 사람들이 이해하고 있는 수준에 이른 것은 서양 문화와의 접촉을 통해서이다. 1917년 춘원 이광수가 쓴 무정이 첫 시작인, 근대 문학 혹은 현대 문학이라는 시대에 따른 문학사 구분은 바로 서양 문학을 받아들여, 한국어로 쓰인 문학 양식의 밑바탕을 닦고 발전시켜온 19세기 말에서 현대에 이르는 약 100여 년간 생겨나 존속되어 온 개념이다.

한국문학은 선사 이후 문자가 태어난 이래 오늘날까지 창작된 한국의 문학 전체를 말하며, 이를 바탕으로 표현 방식 등을 기준으로 세분한다. 한국문학은 역사적으로 크게 기록 문학과 구비 문학으로 나뉘며, 전자의 경우 또다시 국문 문학과 한문 문학으로 나뉜다. 여기서 국문 문학은 또다시 고전 문학과 현대 문학으로 나뉘어 한국문학의 전체적인 틀을 형성한다.

◆ 구비 문학

구비 문학(口碑文學) 또는 구전문학은 말 그대로 사람들의 입에서 입으로 전승되어 온 문학의 형태를 말한다. 이런 형태의 문학은 공통으로 구연, 공동 창작, 보편성, 단순성, 민중성 등의 특징을 지닌다. 문자의 발생 이전부터 전승되어 온 것으로서 한국문학의 모태이며, 지금도 끊임없이 창작되어 전승되고 있다. 대표적인 구비 문학의 예로 들 수 있는 것은 신화, 전설, 민담, 수수께끼, 속담 등이다. 구비 문학에는 민족의 삶과 정서가 잘 나타나 있다.

◆ 국문 문학

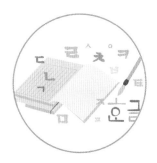

국문 문학(國文文學)은 나라말 즉, 한국어로 쓰인 문학이다. 한글로 쓰인 순수 국문 문학이 있으며, 이두, 향찰(鄕札)로 표기한 차자(借字) 문학이 있다. 이는 훈민정음 창제 이후에 본격적으로 발달했다.

◆ 한문 문학

한문 문학(漢文文學) 또는 한문학(漢文學)은 서력 2세기 즈음 한자가 한국에 전래한 이래 조선 후기까지 한자로 쓰인 문학의 한 형태이다. 그러나 이러한 형태의 한문 문학은 한문을 배울 수 있었던 귀족 계층에서 주로 향유되었다.

글을 잘 쓰려면?

1. 무엇을 쓰고 싶은지 생각해 보자.

소설, 시, 사실에 기반한 소설, 소설로 배우는 전문 분야처럼 글은 여러 장르로 나뉜다. 그리고 그 장르 안에는 공상과학, 미스터리, 스릴러처럼 특정한 하위 장르들이 있다. 무엇을 쓰고 싶은지 우선 정하자. 자신이 읽고 싶은 글을 쓰자. 열정적으로 좋아하는 분야에 대한 글을 쓸 때 좋은 글이 뿜어져 나온다. 자신의 열정이 글에 담겼을 때, 독자들 역시 글을 재미있게 읽는다. 글의 내용에 대한 열정은 글쓰기 프로젝트를 시작하는데 필요한 좋은 시작 지점이 될 것이다.

2. 글쓰기 습관을 만들자. 정해진 장소. 정해진 시간. 정해진 환경에서 글을 쓰자.

이것들을 정해 놓으면, 두뇌의 창의적인 부분이 계획에 맞게 작동하기 시작할 것이다.

3. 읽고 배워 가자.

자신이 좋아했던 작품을 다시 읽고 왜 그 작품이 재미있었는지, 어떤 점 때문에 그 작품이 좋은 작품이 되었는지 연구해 보자. 좋아하는 시의 구조를 알아보거나 좋아하는 소설 인물의 발전 양상을 분석해 보자. 글에서 대단하거나 혹은 멋지다고 생각되는 문구를 찾아보자. 그리고 작가가 왜 그런 문구, 단어를 골랐는지 고민해 보자.

4. 탐험가가 되라.

관찰하라. 주위 세상에 관심을 기울여라. 문제점을 찾고 해결책을 찾아 보자. 질문이 있다면, 집념을 가지고 답을 찾기 위해 노력해 보자. 이상하고, 비정상적인 것을 기록해 놓자. 이렇게 발견한 내용이 글을 쓸 때 많은 도움이 된다는 것을 곧 알게 될 것이다. 게다가, 이런 내용은 글을 더욱더 사실적이고 풍요롭고 설득력 있게 만든다.

5. 기록을 하자.

관찰한 것이나 영감을 주는 것을 전부 기록하자. 그리고 그 메모장을 어디든지 가지고 다니자. 어떤 유명한 작가들은 더 많은 메모 용지들을 가지고 다니기 위해서 코트에 주머니를 바느질해 달기도 했다. 그 메모장을 이용해서 아이디어를 만들고, 보고, 듣고, 읽은 것에 대한 기록을 남기자. 그리고 글의 소재를 구체화하자. 글을 쓰다가 막힐 때마다 이 메모장을 다시 들여다보면서 영감을 얻자. 이 메모장에는 세상에 있는 어떤 것이든 적어도 된다는 것을 기억하자. 세상 모든 것이 여러분에게 영감을 줄 수 있는 소재이기 때문이다.

6. 글쓰기 프로젝트를 시작하자.

이 부분이 제일 중요하고 또 어려운 부분이다. 우리 모두 쓸 말이 없어서 자주 모니터만 멍하니 들여다보고 있는 경우가 많다. 많은 사람이 이것을 "작가의 장벽(Writer's block)"이라고 이야기한다.

7. 프로젝트를 끝내기 위해 노력하자.

세상에는 수십억 개의 쓰다 만 소설과 수천억 개의 쓰다 만 단편 소설들이 있을 것이다. 목표를 정해서 계속 써나가자. 쓰다 보면 이야기가 뭔 글이 이런가 싶을 때도 있지만, 이것은 내가 정말 쓰고 싶은 작품이 무엇인지 알아 가는 과정이다. 어찌 되었든 글을 다 쓰고 나면 다음과 같은 것을 얻게 될 것이다.

8. 작가 모임의 구성원이 되자.

다른 사람들과 아이디어를 나누어 보고 평가를 주고받는 것은 글을 쓰는데 필요한 영감을 얻고 더 좋은 글을 쓰는데 가장 좋은 방법이다. 거절당하는 것이 두려워서 혹은 글의 내용이 너무 사적이라서 초보 작가들은 이 과정이 무섭게 느껴질 것이다. 하지만 혼자서만 글을 쓰면, 아무도 읽지 않을 글을 쓰게 되거나 잘못된 습관으로 넘쳐나는 글을 쓰게 될 가능성도 크다는 것을 의미한다. 따라서 두려워하기보다는 자신이 쓴 글을 공유한 모든 사람은 자신에게 새로운 아이디어와 영감을 줄 수 있는 사람들이라는 생각을 하고 글을 나누어 보자.

9. 독자를 체포하라.

자기 작품 속으로 독자를 끌어들이자. 그들을 글 속으로 빨려들게 해서 읽고, 읽고 또 읽다가 나중에는 글에서 벗어나고 싶지 않게 만들어라. 그러면 독자들은 작가인 여러분이 그들의 손에 수갑을 채워서 다음 작품으로 안내해 주기를 바랄 것이다.

10. 자신이 알고 있는 것에 대해 더 많이 적자.

뭔가에 대해 다른 것보다 더 익숙하다면 그것에 대해 더 자세하게, 사실적으로, 깊이 있게 적어 보자. 프로젝트에 대한 자세한 사항들에 대해 아는 것이 별로 없다면 조사와 연구를 하자. 인터넷을 검색하자. 아는 사람에게 물어보자. 상황, 사람, 설정에 대해 더 많은 정보를 알고 있을수록 그 상황을 종이 위에 사실적으로 그려 낼 수 있을 것이다.

11. 글의 구조를 생각해 보자.

이야기를 쓰는 가장 좋은 방법의 하나는 시작, 절정, 결론부로 이어지는 선형적인 구조를 사용하는 것이다. 하지만, 이것 외에도 사용할 수 있는 많은 구조가 있다. 가운데서 이야기를 시작해 보자. 혹은 계속해서 과거 회상을 추가해 줄 수 있다. 이야기의 진행에 따라서 구조를 결정하자.

12. 시점(視點)을 결정하자.

총 9가지 시점이 존재한다. 크게 1인칭, 2인칭, 3인칭 시점으로 나뉜다. 시점을 결정할 때, 독자가 어떤 정보에 접근할 수 있어야 하는지 고민을 해 보자.

13. 간단한 단어에서 시작하자.

간단한 단어에서 시작하는 것이 제일 좋다. 나중에는 여러 가지 많은 단어가 필요하겠지만, 너무 어려운 단어들을 많이 쓰면 독자들이 떠나 버린다. 작게 시작하자. 어려운 단어가 멋있어 보여서 쓰는 잘못을 범하지 말자. 어떤 독자라도 자신이 이야기하고 싶은 것을 정확히 이해할 수 있게 쓰자는 마음가짐으로 글을 쓰자.

14. 초반부에는 짧은 문장들을 많이 사용하자.

짧은 문장들은 쉽게 읽을 수 있고 이해할 수 있다. 이 말은 긴 문장을 절대로 써서는 안 된다는 뜻은 아니다. 긴 문장도 가끔 써 주자. 긴 문장을 쓰면 독자들이 잠시 글을 읽다가 이해가 안 되어서 멈춰 버리는 일이 발생한다. 그런 상황을 피하자는 것이다.

15. 동사(動詞)들이 할 일을 하게 하자.

동사들은 문장을 이끄는 역할을 한다. 동사들은 한 생각에서 다른 생각으로 의미를 이동시킨다. 게다가, 동사를 제대로 사용하면 사람들에게 정확한 의미를 전달할 수 있다.

16. 형용사를 너무 많이 쓰지 말자.

초보 작가들은 형용사에 미쳐 있다. 형용사를 쓰는 것은 절대 잘못된 것이 아니다. 하지만 중복된 형용사를 쓰거나, 의미가 불명확한 형용사를 써서 글을 이해하기 어렵게 만드는 것은 확실히 잘못이다. 한 명사를 설명하기 위해서 형용사가 꼭 앞에 있어야 한다는 생각은 버리자.

17. 단어를 공부하자.

사전과 유의어 사전을 항상 끼고 살자. 모르는 단어가 나올 때마다 사전을 찾아보자. 또 단어들의 어원에 대한 최소한의 관심이 없다면 작가라고 불릴 자격이 없다. 이와 더불어, 단어들을 적절히 사용하자.

18. 말하고자 하는 바를 정확하게 이야기하자.

글을 쓸 때 잘 모르는 내용을 대충 뭉뚱그려서 말하고 싶은 때가 있다. 무엇을 써야 할지 모를 때 우리는 자주 '정말 좋았다' 같은 것으로 때우고 넘어가기도 한다. 일상적인 대화에서는 이렇게 해도 되지만, 좋은 글에서는 금물이다.

19. 비유법을 사용하는 것은 법칙이 아니며, 글에 적절한 효과를 주기 위해 쓰는 것이다.

비유법의 예로는 직유법과 은유법이 있다. 좀 더 명확하게 사실을 말해서 독자의 시선을 끌거나 좀 더 극적인 전개를 위해서 비유법을 사용한다. 비유법을 계속 사용하면 마치 "사랑해"라는 말을 계속하는 것처럼, 무의미한 일이 되어 버린다.

20. 문장부호를 지나치게 많이 쓰거나 적게 쓰지 말자.

좋은 문장부호는 글에 잘 드러나지 않지만, 좋은 글을 만들어 주는 중요한 요소이다. 문장부호를 너무 적게 쓰면 문장을 이해하기 힘들어진다. 반면, 문장부호를 너무 많이 쓰면 글에 집중이 안 된다. 쉼표에, 콜론에, 소괄호, 중괄호, 대괄호까지 쓰인 글을 사람들은 읽고 싶어 하지 않는다.

21. 규칙들을 다 배웠다면, 규칙을 깨 보자.

규칙을 뒤집어 보고 가지고 놀아 봐서 자신이 말하고 싶은 것을 이야기하는 것을 두려워하지 말자. 많은 작가가 문법, 문체, 의미 구조 등을 깨서 자신이 원하는 글을 더욱 멋지게 만들어 냈다. "왜" 규칙을 깨려 하는지 알고, 그것으로 인해 생길 결과도 예측하자. 그럴 위험을 감수할 자신이 없다면, 왜 작가를 해 보려 하는지 한 번 진지하게 고민해 보아야 할 것이다.

출처: 위키하우

문학사조(文學思潮)

　문학작품에 담긴 각 시대의 총체적 또는 주도적 사상의 경향을 가리키는 사조(思潮). '문예사조'라고도 한다.

고전주의(古典主義; classicism)

헬레니즘을 직접 계승한 사조. 16~17세기 유럽 예술 전반에 나타났던 경향. 인생에 대하여 이지(理智)와 감정(感情), 내용과 형식의 조화를 얻는 것에 미(美)의 주안점을 두고 고대 그리스나 로마의 예술을 모방하려 했다. 고전주의의 특징은 조화(調和)와 완성, 통제와 형식미에 있다.

　* 대표작가: 프랑스(코르네유, 몰리에르), 영국(셰익스피어, 드라이든), 독일(괴테, 레싱) 등

낭만주의(浪漫主義; romanticism)

통제와 형식의 사조인 고전주의에 반발하여 일어난 사조. 18세기 말엽에서 19세기 초에 유럽 전체를 지배했던 경향. 개성을 존중하여 자유분방을 구가하고 자연성을 회복하기 위해 형식의 타파를 주장하였다. 감정의 해방, 미지의 세계 동경, 끝없는 공상, 미묘한 정서, 자연에 대한 열애 등의 특징을 갖는다.

　* 대표작가: 독일(실레겔, 노발리스), 프랑스(샤토브리앙, 위고), 영국(바이런, 셸리, 키츠) 등

사실주의(寫實主義; realism)

19세기 전반까지 유행한, 인간의 상상력에 주안점을 둔 낭만주의에 대한 반동으로, 사실을 있는 그대로 묘사하려 한 문예운동. 현실을 과장하거나, 주관적으로 파악하여, 그 사물과 현실의 개성적인 면을 묘사하며, 추악한 현실이라 하더라도 미화시키지 않고, 있는 그대로 묘사하려는 특징이 있다. 사실주의가 문예운동으로 나타난 것은 프랑스였다. 프랑스혁명 이후로 기계 문명이 발달하고, 특히 19세기에 이르러 유행한 콩트류의 실증철학(實證哲學) 등이 그 바탕이 되어 사실주의의 개화를 보게 되었다.

　* 대표작가: 프랑스(발자크, 스탕달, 플로베르), 영국(디킨스), 러시아(투르게네프, 도스토예프스키) 등

자연주의(自然主義; naturalism)

사실주의가 극단적으로 흐른 결과에서 나온 사조. 모든 것을 논리와 실험을 통해 증명하고자 하는 실증주의적 사고방식을 배경으로 출발, 인간과 세계를 자연 과학의 이론과 방법으로 분석하려는 문학 운동. 인간을 하나의 자연물로 보고, 작자의 주관이 철저히 배제된 상태에서 인간의 행동이나 생각을 자연 과학적 법칙에 따라 서술하는 특징이 있다.

 * 대표작가: 프랑스(졸라, 모파상), 영국(무어, 기싱, 코난 도일), 독일(하우프트만), 노르웨이(입센) 등

유미주의(唯美主義; aestheticism)

미의 창조를 언어 예술의 지상 목표로 삼는 경향. 탐미주의(耽美主義), 예술지상주의(藝術至上主義)라고도 한다. 19세기 말 프랑스를 중심으로 일어났으며, 사실주의나 자연주의와 상반된 하나의 흐름이다. 그 특징으로, 첫째 인공(人工)을 중시하고, 둘째 인간적 의의와 내용보다 예술적 형식이나 기교를 중시하며, 셋째 참신(斬新)과 신기(新奇)를 중시한다는 점을 들 수 있다.

 * 대표작가: 프랑스(플로베르, 고티에), 영국(페이터, 와일드)

상징주의(象徵主義; symbolism)

19세기 말에서 20세기 초까지 주로 프랑스 시인들을 중심으로 나타난 사조. 유미주의처럼 사실주의에 대한 반동(反動)이며 유미주의의 일면을 계승, 심화시킨 것이다. 자연주의나 사실주의는 객관적 현상을 있는 그대로 옮기는 데 불과하나, 이것은 하나의 문헌이나 사진이지 예술품이 아니라는 입장이다. 따라서, 지성화된 감성으로 내면세계를 통해 정신세계의 아름다움을 표현하려 하였다.

 * 대표작가: 프랑스(말라르메, 랭보, 베를렌, 발레리), 독일(게오르게, 릴케), 아일랜드(예이츠), 오스트리아(호프만슈탈) 등

초현실주의(超現實主義; surrealism)

1차대전 후 프랑스를 중심으로 일어난 문예사조. 합리주의나 논리적 사고를 부정하고 오로지 인간의 내면세계에서 무의식적으로 논쟁으로 발생하는 생각이나 느낌, 곧 잠재의식을 자유롭게 표현하려는 경향을 말한다. 잠재의식이야말로 순수한 상태의 인간 정신이며 인간을 가장 자유로운 상태에 있게 해 준다는 신념을 밑바탕으로 하고 있다. 시에서는 시인이 머릿속에 떠오르는 생각을 논리적 순서 없이 그대로 배열하는 자동기술법(自動記述法)을 사용하는데 소설에서는 이를 '의식의 흐름'이라고 한다.

 * 대표작가: 프랑스(부르통, 푸르스트), 영국(조이스, 울프) 등

주지주의(主知主義; modernism)

1차대전 후 영국을 중심으로 일어난 시적 경향. 원래는 20세기 초에 나타난 예술상의 여러 사조를 총칭하는 말이다. 그런데 우리나라에서는 지적(知的) 언어와 시각적 이미지를 중시하는 영·미의 경향(imagism)만을 가리키는 말로 통용되고 있다. 윤곽이 선명한 시, 명확한 이미지의 창조, 음악성의 배격 등의 특징을 보여 준다.
 * 대표작가: 영국(흄, 파운드), 미국(엘리어트) 등

행동주의(行動主義; behaviourism)

1차대전 후 프랑스를 중심으로 일어난 사조. 세기말 사상이나 초현실주의에 내재하는 허무적 경향을 배격하고 인간의 객관적 행동을 주로 다루는 경향이다. 현대인의 불안과 절망을 인간의 내면 의식 탐구가 아니라 사회적 행동에 직접 참여함으로써 해결하려는 운동이다. 따라서, 문학의 소재도 스포츠, 여행, 연애, 혁명, 전쟁 등 행동적 세계에서 취하였으며, 2차 대전 후에는 더욱 적극적인 행동성을 보여 실존주의(實存主義)를 파생시키기도 했다.
 * 대표작가: 프랑스(말로, 지드, 생텍쥐베리), 미국(헤밍웨이) 등

실존주의(實存主義; existentialism)

2차대전 후 프랑스를 중심으로 나타난 철학적 경향. 인간의 내면적 본질보다는 그가 처한 상황을 중시하여, 현대인이 처한 고뇌와 허무 등의 상황 속에서 적극적 의미를 찾으려 했다. 다시 말하면, 전통적 철학은 인간성 일반에서 인간의 본질을 추구하였으나 실존주의는 인간 개개인이 처한 상황 속에서 존재[실존(實存)]로서 인간의 본질을 찾으려 한 것이다. 이 실존의 개념을 문학에 적용한 것이 실존주의 문학이다. 이 문학은 2차 대전 후 유럽을 뒤엎은 불안과 절망 속에서 태동한 것이니, 인간의 근원적 불안과 고뇌, 허무성을 들추어냄으로써 어떤 적극적 의미를 발견하려는 수법을 썼다.
 * 대표작가: 프랑스(사르트르, 카뮈), 오스트리아(카프카) 등

출판의 종류

책을 만드는 데 있어 다양한 출판의 형태가 존재하는데 자비출판, 기획출판, 반기획, 독립출판 등 네 종류가 있다. 네 종류의 출판 중 어느 것이 좋다고 꼽을 수는 없다. 저자와 출판사 모두 목적에 맞게 선택하면 된다. 중요한 건 저자는 최선을 다해 책을 집필하고, 출판사는 최선을 다해 책을 잘 만들어 독자들에게 소개해야 한다는 것이다. 어떤 출판 형태든 원고 자체에 애정을 가진 곳과 인연을 맺으면 된다.

자비출판

자비출판은 이름 그대로 저자가 책 출판에 들어가는 모든 비용을 부담하는 형태의 출판을 말한다. 저자가 출판의 주체가 되기 때문에 책 제목, 표지디자인 등 모든 영역에서 저자의 의도를 그대로 살려서 책을 만들 수 있고, 인세가 일반적인 수준보다 훨씬 높다는 것이 장점이다. 출판사에서 책이 잘 팔릴 것 같지 않아 출간을 거절한 경우, 저자가 자비출판의 형태로 출판하기도 한다. 자비출판의 반대 개념은 상업 출판인데, 이름 그대로 상업성을 담보로 한 출판을 말한다. 대중이 책값을 지불하고 살 만한 책을 만드는 출판 형태이다. 상업 출판의 종류에는 기획출판과 반기획이 있다.

기획출판

기획출판은 출판사가 출판 비용을 모두 부담하는 경우를 말한다. 기획출판에서 저자 인세는 10%가 최대치이고 저자의 영향력이나 콘텐츠의 상업성 등에 따라 조정되는 편이다. 대중에게는 기획출판이 일반적인 출판 형태로 알려져 있고 저자들도 기획출판을 가장 선호한다. 하지만 유사 이래 계속되는 출판계의 불황이 더 깊어지면서 출판사들이 기획출판 아이템을 선택하는 기준이 상당히 까다로워지고 있다. 아이템이 참신하거나 저자가 대중의 이목을 확 끌 만한 매력적인 요소를 가지고 있거나 마케팅력이 있는 경우 등에 출판사들이 호감을 나타낸다. 여기서 마케팅력이란 저자가 아직 책을 내진 않았어도 이미 대중에게 인지도가 높아서 책이 출판됐을 때 좋은 판매 결과를 기대할 수 있는 경우, 저자가 강의를 활발하게 하여 이를 통한 책 판매를 기대할 수 있는 경우, SNS에서 인기가 높아 팬덤이 형성된 경우 등을 말한다.

반기획

반기획은 저자와 출판사가 출판 비용을 분담하는 형태의 출판이다. 반기획이란 형태가 출현하게 된 원인으로 출판계의 불황을 꼽는 이들도 있지만, 출판사 입장에서 아이템은 마음에 드는데 독자들의 관심을 많이 받을 수 있을지를 낙관하기가 쉽지 않을 때 저자에게 제안하기도 한다. 출판사는 초기 투자에 대한 비용 부담을 줄일 수 있고, 출판이 꼭 필요한 저자에겐 자비출판 비용보다는 적어서 선택할 대안이다. 저자가 출판 비용 일부를 감당하는 것에 대해 거부감을 가지거나 부담스럽게 생각하는 저자들이 있다. 하지만 일반적으로 알려진 것보다 훨씬 더 많은 출판사가 반기획 형태의 출판을 하고 있으므로 충분히 긍정적으로 고려할 수 있는 형태라 생각한다. 기획출판을 하면서, 즉 출판사가 출판 비용을 전액 부담해서 출판하지만, 저자에게 초판 1쇄 인세를 지급하지 않는 조건으로 계약하는 사례도 있다. 이 역시 출판사에서 초기 투자 비용을 줄이기 위한 목적으로 이해하면 된다.

독립출판

독립출판은 저자가 직접 출판 등록을 해 자기 책을 만드는 형태를 말한다. 자비출판은 저자가 출판사에 출판 비용을 전액 지급해 출판을 진행토록 하는 것이고, 독립출판은 저자가 직접 출판의 모든 과정을 진행한다는 점이 다르다. 직접 만드는 것이기에 발행 부수도 저자 마음대로 할 수 있고, 100부 미만에서 수백 부까지 소량도 가능하다. 독립출판으로 발행된 책들을 보면 일반적인 출판 시장에서 보기 어려운 독특한 성질이나 저자의 개인적 성향이 두드러진 아이템들이 많다. 근래 들어 독립출판이 많이 늘어났다. 그 이유는 과거와 달리 출판 시스템이 좀 더 쉬워지고 편해졌기 때문이다. 부크크와 교보퍼플처럼 POD(Publish On Demand) 출판을 하는 곳도 있다. POD 출판이란 독자들이 책을 주문하면 그때그때 소량 제작하는 시스템으로 전자책과 종이책 모두 가능하다. 한 부씩 만드니 재고가 쌓일 위험이 없다. 저자에게 출판 비용 부담이 안 든다는 건 매우 큰 장점이지만, 저자가 교정교열부터 편집 진행을 해야 하므로 책 디자인 퀄리티와 마케팅 면에서는 차이가 있다는 점은 기억해야 한다. 독립출판이 늘어가는 추세이므로 POD 출판은 앞으로 더 발전할 수 있으리라 생각한다.

출처: 더굿북

출판의 과정

1. 출판 상담 : 저자가 출판기획사나 출판사를 통해 문의하면 이에 대한 상담을 진행한다.

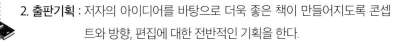

2. 출판기획 : 저자의 아이디어를 바탕으로 더욱 좋은 책이 만들어지도록 콘셉트와 방향, 편집에 대한 전반적인 기획을 한다.

3. 출판계약 : 출판에 대한 기획이 완료되면 견적 상담 후 저자와 출판기획사/출판사 간의 계약을 체결한다.

4. 집필 : 이후 계약기간까지 저자님은 본문을 탈고한다.

5. 디자인 및 편집 : 1차 탈고된 원고를 바탕으로 회사에서는 원고를 검토한 후 콘셉트 회의를 진행하여 디자인 및 편집 방향을 정한다.

6. 저자교정 : 디자인과 편집을 마친 후, 저자가 받아본 교정본을 바탕으로 회사에 수정 요청사항을 전달한다. 이 과정은 몇 차례 반복되며 원고의 완성도를 높이는 작업입니다.

7. **인쇄승인** : 출판사에서 모든 교정 과정을 마친 원고를 저자에게 보내고, 저자는 최종으로 확인하고 회사에 인쇄승인을 한다.

8. **인쇄** : 전문 인쇄소에서 인쇄 작업을 진행한다. 보통 1주 내외로 걸린다.

9. **제본 및 후가공** : 표지 코팅, 후가공(박, 에폭시 등)을 진행하고 인쇄된 표지와 내지에 대해 최종 마무리 작업을 한다.

10. **납품** : 인쇄가 완료되면 저자 증정본을 보내고 국립중앙박물관과 국회도서관에 각 2권씩 납본 후 영구 보관한다. 또한 프로모션을 위해 언론사와 홍보업체에 보내지기도 한다.

11. **서점 유통** : 증정본을 제외한 나머지 책은 도서 물류센터로 입고되어 전국의 각 서점과 인터넷 서점으로 출고된다.

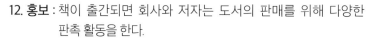

12. **홍보** : 책이 출간되면 회사와 저자는 도서의 판매를 위해 다양한 판촉 활동을 한다.

문학작가 관련 도서와 영화

관련 도서

종이 여자 (기욤 뮈소 저/ 밝은세상)

복잡한 수식이나 특별한 수사법에 기대지 않고 본능적으로 서스펜스를 빚기도 하고, 복잡다단한 이야기를 빠르고 경쾌한 흐름 속에서 일관되게 통합해내는 '기욤 뮈소스러운' 소설이 다시금 탄생했다.

작품의 주제는 사랑. 스스로 늘 '사랑'에 도전하는 작가라고 말하는 그만의 사랑 이야기가 지금, 여기 펼쳐진다. 하지만 그저 그런 사랑 이야기가 아니다. 한 베스트셀러 작가와 그의 소설 속에 나오는 여주인공이 펼치는 사랑 이야기라고 하니 무언가 색다른 이야기가 펼쳐질 것 같다. 왜 작품의 제목이 '종이 여자'인지 자연스럽게 유추가 되는 대목이기도 하다.

〈천사 3부작〉으로 일약 베스트셀러 작가의 반열에 오른 톰 보이드는 작품의 성공으로 명성을 얻지만, 프랑스 출신의 피아니스트 오로르 발랑꾸르와의 사랑이 실패로 돌아가면서 크게 절망한다. 어린 시절부터 톰과 막역하게 지낸 친구들이 톰이 다시 원고를 쓸 수 있게 할 방법을 여러모로 모색하지만, 그리 쉬운 일은 아니다. 그러던 중 톰의 집에 어느 날 소설 속 인물을 자처하는 여인 '빌리'가 나타난다. 인쇄소의 잘못으로 파본이 된 톰의 소설에서 나왔다는 빌리. 그가 다시 소설 속으로 돌아가려면 톰이 소설을 쓰는 길밖에 없다. 톰과 빌리 두 사람이 손 맞잡고 펼치는 사랑의 모험 속에서 현실과 허구가 한데 뒤섞이고 부딪치면서 매혹적이고도 치명적인 하모니가 펼쳐진다.

유혹하는 글쓰기 (스티븐 킹 저/ 김영사)

지옥으로 가는 길은 수많은 부사로 뒤덮여 있다고 딱 잘라 얘기하는 스티븐 킹이 속 시원하면서 무척 부럽다. 그리고 신체적 묘사를 통해 인물의 성격을 손쉽게 드러내려 해서도 안 된다고 말하는 부분에서는 왜 지금까지의 그의 소설들이 스토리텔링을 위주로 하면서도 상투성을 벗어날 수 있었는지를 깨닫게 한다.

'창작론'이라는 꽤 묵직한 부제가 붙어있긴 하지만 스티븐 킹의 유머러스한 자서전에 더 가깝다. 글쓰기에 대해 진지하게 얘기하고 있지만, 그의 소설들이 그러했듯 무척이나 확실하고 간결하기에 어려운 단어문장에 찌들지 않고 신선한 정신상태를 유지하면서 책을 끝까지 읽을 수 있다. 꼭 작가 지망생이 아니더라도 글쓰기에 대해 고민하며 살아야 하는 우리들, 논술고사를 앞둔 학생들에게 유쾌한 글쓰기 가이드가 될 것 같다. 글을 잘 쓴다는 건 삶에 있어서 일종의 '덤'이 아닐까?

작가의 책 (패멀라 폴 저/ 문학동네)

『작가의 책』은 「뉴욕 타임스 북 리뷰」에 실렸던 인터뷰 중, 요즘 가장 사랑받는 작가 55인의 인터뷰를 추려 묶은 책이다. 참여 작가의 대부분은 소설가지만, 과학자나 배우, 뮤지션 등 논픽션 작가도 일부 포함되어 있다.

작가들에게는 공통된 질문을 준다. ("어렸을 때 가장 좋아했던 책은 무엇인가?" "과대평가 되었다고 생각하는 책은?" "대통령에게 권하고픈 책은?" "끌리는 이야기 유형이 있다면?" "자기계발서도 읽는지?" "만나보고 싶은 작가는?" 등) 하지만, 대상에 따라 특정 취향을 묻는 개별적인 질문들도 나온다. 다채로운 질문에 작가들은 예상을 벗어나는 더 다채로운 대답으로 응수한다. 때로는 유머러스하게 때로는 거침없이 자기 생각을 털어놓고 그간의 독서 편력을 읊는다. 작가로서 삶과 그들이 읽어온 책은 결코 분리될 수 없다. 작가들이 자신의 내밀한 열정을 진솔한 육성으로 들려주는 이 책은 책을 사랑하는 모든 독자의 호기심을 자극하고 충족시키는 동시에, 작가를 한층 더 이해하고 좋아하게 할 것이다.

서러워라, 잊혀진다는 것은 (김탁환 저/ 민음사)

『서러워라, 잊혀진다는 것은』은 김탁환의 역사 소설 중에서 재미와 작품성을 두루 갖춘 웰메이드(well-maid) 작품으로 평가받는다. 역사 속 인물들을 자기 작품 속에서 자유자재로 다뤄 온 김탁환은 이 작품에서 장희빈과 서포 김만중을 이야기로 되살려냈다. 한글 소설의 정점인 『사씨남정기』를 둘러싼 서포 김만중과 장희빈의 치열한 두뇌 싸움 속에서 '소설이란 무엇인가'라는 무거운 주제를 성공적으로 곁들였다. 그러나 단순히 '웰메이드'라는 말로 설명하기엔 서포 김만중과 작품의 주인공인 이름 없는 매설가(소설가) 모독이 나누는 대화는 심오하면서도 진지하다.

김탁환은 작중에 등장하는 두 명의 소설가를 통해 '소설이란 무엇인가?'라는 질문과 답을 주고받는다. 김탁환의 역사 소설을 집대성하는 중인 '소설 조선왕조실록 시리즈'에서 『서러워라, 잊혀진다는 것은』은 김탁환의 소설론과 창작론을 동시에 엿볼 수 있는 귀한 작품으로 자리매김한다. 독자들에게는 수백 년의 시차를 뛰어넘어 소설가로서의 김만중과 소설가로서의 김탁환을 동시에 만나볼 수 있는 귀한 독서의 경험이 될 것이다. 개정판에는 진주교대 국어교육과 송희복 교수의 해설을 더 했다. 송희복 교수의 해설은 『서러워라, 잊혀진다는 것은』에 담긴 문학적 진지함과 성취에 대한 성실한 논의가 독자들의 마음을 다시 한번 두드린다.

16인의 반란자들 (사비 아옌 저/ 스테이지팩토리)

노벨문학상을 수상한 우리 시대 문학의 대가, 인문학의 대가들은 어떤 삶을 살아왔으며, 그들은 어떤 사람들일까? 노벨문학상 수상 이후 현재 그들은 어떻게 살고 있을까? 그들은 어떤 집에서 살고 있으며, 그들의 가족은 어떤 사람들일까?

스페인 출신 문학 전문기자 사비 아옌과 스페인 출신 사진기자 킴 만레사(Kim Manresa)가 3년여 기간 동안 세계 일주를 통해 세계 곳곳에 사는 16인의 노벨문학상 수상자들을 만나 길게는 8일, 짧게는 6시간 동안 깊이 있는 대화를 나눴다. 사비 아옌과 킴 만레사는 작가들이 실제로 거주하고 있는 집을 방문하되 작업실만이 아니라 주방까지 살펴보았다.

시계를 들여다보지 않아도 될 만큼 충분한 시간을 갖고 대화를 나눴으며, 그들이 사는 도시나 그들 작품의 배경이 되었던 곳을 함께 찾아갔고, 그들의 가족들을 만났다. 20세기 초반에 태어나 고통스러운 현대사를 살아온 노벨문학상 수상 작가들과의 심층 인터뷰를 통해 그들의 치열한 삶의 극복 의지를 배울 수 있는 인문 서적이다. 말만 번지르르한 가벼운 자기 계발서가 아니라 깊이 있는 삶의 성찰과 진정한 삶의 해법을 제시해 주는 문학, 역사, 철학, 개인의 인생 스토리가 결합한 깊이 있는 인터뷰집이다.

소설 (제임스 A. 미치너 저/ 열린책들)

<소설이란 무엇인가?>라는 근본적인 질문을 제기하는 제임스 미치너의 포스모더니즘 소설.

글쓰기와 출판에 관계하는 사람들, 즉 작가, 편집자, 비평가, 독자 등 네 명의 화자를 통해 소설의 형성과 생산 과정을 그려낸 작품.

등장인물들을 통하여 <문학이란 무엇인가>라는 고전적 주제를 각자의 관점에서 흥미롭고 긴장감 있게 전개해 나가는 독특한 작품.

문학과 출판을 소재로 한 보기 드문 소설로서 편집 출판 아카데미의 필독서이다.

『소설』은 1991년 제임스 미치너 84세의 나이에 발표한 작품으로, 글쓰기와 출판에 관계하는 사람들, 즉 작가, 편집자, 비평가, 독자 등 네 명의 화자를 통해 이야기가 어떻게 구성되고 어떻게 만들어지며, 그 이야기와 관련이 있는 사람들은 어떤 생각과 이야기를 품고 있는지를 한 권으로 보여주고 있다. 이 같은 소설의 형성과 생산 과정을 그리고 '문학이란 무엇인가'라는 고전적 주제에 관한 각자의 처지를 흥미롭고 긴장감 있게 전개해 나가는 특이한 소설이다. 앞서 이야기한 소설과 관련된 네 명의 화자를 등장시킨 이 소설에서 미치너는 자신을 모델로 한 루카스 요더의 입을 통해 작가가 독자들에게 전해 주는 것은 재미보다는 이야기의 호소력이라고 말한다. 작가와는 다른 예술관을 가진 비평가의 시선을 통해서는 예술을 바라보는 시각 차이를, 문학이란 대중의 정서에 호소할 수 있어야 한다고 믿는 독자를 통해서는 비평가와는 다른 시각을 가지는 대중들이 있음을 보여주며 이런 인물들의 이야기를 통해 『소설』을 읽는 독자에게 또 다른 층위의 생각 단계로 올라서게 해주고 있다.

템테이션 (더글라스 케네디 저/ 밝은세상)

전 세계 30여 개국에서 열렬한 독자층을 확보한 인기 작가 더글라스 케네디의 신작 『템테이션』이 출간되었다. 국내에서는 『빅 픽처』를 시작으로 총 다섯 작품이 소개되어 출간하는 소설마다 독자들과 긴밀한 호흡을 자랑하며 폭넓은 공감대를 끌어내고 있다. 여섯 번째로 소개되는 『템테이션』은 독자들의 기대를 저버리지 않는 역작이다. 프랑스를 비롯한 유럽 국가들에서 일제히 출간돼 더글라스 케네디의 명성을 다시금 확인시킨 이 소설은 롤러코스터처럼 몰아치는 속도감 넘치는 전개와 누구나 공감하지 않을 수 없는 압도적인 재미로 독자들의 시선을 사로잡는다.

『템테이션』은 주인공이 오래도록 갈망해온 꿈을 이룬 시점에서부터 이야기가 시작된다. 하지만 지금까지 더글라스 케네디의 소설에 등장하는 인물들이 그랬던 것처럼, 주인공 데이비드 역시 완벽한 인간은 아니다. 성공이 가져다준 달콤한 유혹을 떨쳐버리지 못하고 몰락의 길을 자초하는 그의 모습에서 독자들은 최고급 샴페인이 가져다주는 달콤한 맛과 그 대가로 주어지는 치명적 숙취의 느낌을 동시에 맛보게 된다. 우리는 성공을 갈망하지만 단지 소수의 사람만이 그 성공의 열매를 맛볼 수 있는 사회에서 경쟁이 당연한 것처럼 살아간다. 한 시나리오 작가의 성공과 실패, 좌절과 재기로 이어지는 파란만장한 여정을 그린 『템테이션』은 생에서 끝내 포기하지 말아야 할 가치가 무엇인지 생각하게 한다.

관련 영화

나의 작은 시인에게 (2019년/ 97분)

"문득 시가 떠오르면 넌 시를 읊고, 난 받아 적는 거야"

유치원에서 아이들을 가르치는 '리사'는 따분하고 반복되는 일상에서 시를 통해 예술적 욕망을 충족시키고자 하지만 재능이 따라주지 않는다. 우연히 자기 학생 다섯 살 '지미'가 시에 천재적인 재능이 있음을 발견하고, 아이의 시를 자신의 시 수업에서 발표하게 되는데...

시 (2010년/ 139분)

한강을 끼고 있는 경기도의 어느 작은 도시, 중학교에 다니는 손자와 함께 살아가는 미자(윤정희). 그녀는 꽃장식 모자부터 화사한 의상까지 치장하는 것을 좋아하고 호기심도 많은 엉뚱한 캐릭터다. 미자는 어느 날 동네 문화원에서 우연히 '시' 강좌를 수강하게 되며 난생처음으로 시를 쓰게 된다.

시상을 찾기 위해 그동안 무심히 지나쳤던 일상을 주시하며 아름다움을 찾으려 하는 미자. 지금까지 봐왔던 모든 것들이 마치 처음 보는 것 같아 소녀처럼 설렌다. 그러나, 그녀에게 예기치 못한 사건이 찾아오면서 세상이 자기 생각처럼 아름답지만은 않다는 것을 알게 되는데...

죽은 시인의 사회 (1990년/ 128분)

미국 입시 명문고 웰튼 아카데미.

공부가 인생의 전부인 학생들이 아이비리그로 가기 위해 고군분투하는 곳.

새로 부임한 영어 교사 '키팅'은 자신을 선생님이 아닌 "오, 캡틴, 나의 캡틴"이라 불러도 좋다고 말하며 독특한 수업 방식으로 학생들에게 충격을 안겨 준다.

점차 그를 따르게 된 학생들은 공부보다 중요한 인생의 의미를 하나씩 알아가고 새로운 도전을 시작한다. 하지만 이를 위기로 여긴 다른 어른들은 이들의 용기 있는 도전을 시간 낭비와 반항으로 단정 지으며 그 책임을 '키팅' 선생님에게 전가하는데...

셰익스피어 인 러브 (1999년/ 122분)

1593년, 촉망받는 작가인 셰익스피어는 단 한 줄의 글도 쓰지 못할 정도로 슬럼프에 빠진다. 그러던 중 그는 연극 오디션에 재능을 보인 한 소년에게 순식간에 매료된다. 그런데 사실 그 소년은 '여자는 연극무대에 올라갈 수 없다'라는 법규 때문에 남장을 한 바이올라였다. 소년을 뒤쫓아 우연히 바이올라의 집에 들어간 셰익스피어는 첫눈에 그녀를 사랑하게 된다. 그리고 이에 힘입어 열정적으로 '로미오와 줄리엣'을 쓰기에 이른다. 그러나 바이올라는 아버지와 여왕의 명령에 따라 이름만 남은 귀족 웨식스와 정략결혼이 예정된 처지이다. 이 사실에 괴로워하던 셰익스피어는 원래 해피엔딩의 코미디로 구상한 '로미오와 줄리엣'을 가장 비극적인 사랑 이야기로 창조한다.

네루다 (2017년/ 108분)

나의 친애하는 도망자 '파블로 네루다'

당신의 존재를, 당신의 언어를 사랑하게 되었다

권력에 저항한 정치인이자 민중을 대변하는 칠레의 전설적인 시인 '네루다'. 공개적으로 정부를 비난한 그를 잡아 오라는 대통령의 명령을 받은 비밀경찰 '오스카'는 도피를 위해 아내 '델리아'와 함께 은둔생활을 하는 '네루다'의 흔적을 밤낮없이 쫓는다. 아이러니하게도 은둔생활이 길어질수록 '네루다'는 세계적 영웅이 되어가고, 그를 잡아야만 하는 '오스카'조차 그가 남긴 책 속 문장들에 매료되고 마는데...

언어의 정원 (2013년/ 46분)

　사랑보다 훨씬 더 이전의 고독한 사랑의 이야기!

　구두 디자이너를 꿈꾸는 고등학생 다카오는 비가 오는 날 오전에는 학교 수업을 빼먹고 도심의 정원으로 구두 스케치를 하러 간다. 어느 날 그는 우연히 유키노라는 여인과 정원에서 만나게 되는데 그 만남이 나중에 그의 인생에 어떤 변화를 가져올지 다카오는 알지 못한다. 그녀는 그보다 연상이나 그리 현명해 보이진 않으며 마치 세상과 동떨어진 삶을 사는 듯한 여인이다. 그렇듯 나이 차이가 남에도 불구하고 그들의 예상치 못한 우연한 만남은 비가 오는 날이면 그 정원에서 계속 이어진다. 그리고 비록 이름도 나이도 알지 못하지만 걷는 법을 잊어버린 그녀를 위해 다카오는 구두를 만들어 주기로 결심한다. 그러나 장마가 끝나갈 무렵 그들 사이에는 뭔가 말하지 못한 것들이 남아 있는 듯하다. 과연 다카오는 그의 감정을 행동이나 말로 옮길 수 있을 것인가? 빗줄기 사이로 그리고 폭풍의 적막함 속에 언어의 정원에는 무슨 꽃이 필 것인가?

톨스토이의 마지막 인생 (2010년/ 112분)

　톨스토이 사상에 심취한 문학청년 발렌틴 불가코프는 톨스토이의 수제자, 블라디미르 체르트코프에 의해 톨스토이의 개인 비서로 고용된다. 발렌틴이 톨스토이의 집에서 생활한 지 얼마 되지 않아 톨스토이는 자신의 신념을 실천하기 위해 작품의 저작권을 사회에 환원하겠다고 선언한다. 평생 톨스토이를 내조해 온 톨스토이의 부인 소피야는 가족을 버리려는 톨스토이의 결심을 이해하지 못하고 분노한다. 발렌틴은 사랑과 신념이라는 선택의 갈림길에서 힘들어하는 톨스토이와 극심한 배신감을 느끼는 소피야 사이에서 큰 혼란을 겪는다. 급기야 톨스토이는 삶의 마지막을 혼자 조용히 지내고 싶다며 집을 나가게 되는데…

에필로그

사전적 의미의 '청춘'은 새싹이 파랗게 돋아나는 봄철이라는 뜻으로, 10대 후반에서 20대에 걸치는 인생의 젊은 나이를 의미합니다.

하지만 실제로 강연장에서 만난 학생들은 청춘이라는 말이 무색하게 느껴졌어요. 자신만의 새싹이 돋아나기도 전에 타인이 말하는 척도에 맞추어 살아가고, 행여나 자신의 새싹이 늦게 자랄까 봐 조급해하며 자신의 새싹의 색이 다를까 봐 뒷걸음치죠. 인생이라는 긴 여정에 있어 아직 시작점인데 말이죠. 그런 학생들에게 말해주고 싶어요.

기록, 최선의 나를 발견하는 방법

▶ 제주도까지 간 저자강연회

작가인 제가 단 한 번도 글에 관련해 칭찬조차 받아 본 적이 없는 이과생에 공대생이었다는 말을 하면 많이 놀라곤 합니다.

사실 저도 '작가'는 버킷리스트에서만 몰래 꿈꿀 수 있는 비현실적인 꿈이라고 생각했어요.

그런데 '기록'이라는 작은 습관이 저를 작가로 이끌어 주었습니다.

처음에는 삶을 기록하기 위해, 행복한 순간순간을 붙잡기 위해 기록했어요.

그러다 어느 순간부터 견디기 힘든 일이 있을 때나 머리가 복잡해 정리가 필요할 때면 사막에서 물을 찾듯 글을 쓰기 시작했습니다.

SNS에 업로드용으로 한껏 필터 입혀진 글이 아니라 오로지 나만이 볼 수 있는 그곳에서 저는 어느 때보다 솔직한 제가 될 수가 있었어요.

그렇게 내 마음을 다해 글을 쓰다 보니 내가 몰랐던 저에 대해 알게 되고, 감정을 분리하여 객관적으로 나를 바라보며 알아채지 못한 상처와 직면하며 스스로 치유될 수 있었어요. '나'에 대해 알고 '나다움'을 알게 되니 나를 있는 그대로 내보이는 것에 대한 망설임이 없어졌고 그렇게 쓰인 글을 통해 많은 사람이 용기를 얻고 힘을 줄 수 있게 되었을 때는 더할 나위 없는 큰 행복을 느꼈죠.

작가라는 직업에 관심이 없더라도 글을 쓰는 건 모든 학생들이 했으면 좋겠어요.

부담 갖지 않고 일상을, 감정을, 생각을 기록해보세요. 글을 통해 언제 어디서나 나를 잃지 않고 최선의 모습인 나를 발견해낼 수 있을 거예요.

경험, 진짜 나의 길을 발견하는 방법

'꿈이 뭐야?'

학창 시절 가장 싫어하는 말이었습니다. 내가 좋아하고, 잘하는 것도 없는데 꿈이라면 왠지 대단하고 거창해야 될 것 같아 그럴듯해 보이는 꿈을 쓰기 시작했어요. 주변에 꿈이 있는 친구들을 보면서 저만 왠지 뒤처지는 것 같아서 주눅 들기도 했죠. 지금 돌이켜보면 10대에 꿈이 없었던 건 부

▶ 여행작가로서 kbs 생방송에 출연한 모습

끄러운 일이 아닌 자연스러운 일이었던 것 같아요. 학교-학원이 전부였던 삶에서는 나의 꿈을 찾기가 쉽지 않았죠.

저는 떡볶이를 가장 좋아하는데요. 다양한 음식을 먹다 보니 떡볶이가 가장 내 입맛에 맞는 걸 알았고, 그렇게 떡볶이를 좋아하다 보니 어느 정도 맵기와 소스, 브랜드가 내 입맛에 맞는지 더 구체적으로 알 수 있었어요. 이렇게 다양한 음식을 먹으면 내 입맛을 알 수 있듯이, 다양한 경험을 하다 보면 내가 어떤 것을 좋아하고 잘하는지 알 수 있다 생각해요.

직업은 영어로 Job, career이지만 Calling으로 불리기도 합니다. Calling의 의미는 천직으로 하늘에 부름을 받았다. 각자는 자신에게 맞는 천직이 있다는 말인데요. '내가 어떤 사람인지' '어떤 삶을 원하는지' 끊임없이 생각해보며 자신의 calling을 발견하기 위해 아낌없는 경험을 해봤으면 좋겠어요.

나다움, 삶에 주인공으로 사는 방법

인생에 정답이 있을까요? 정답이 있다고 생각하고, 그 정답에 맞춰 살기 위해 부단히 노력했지만 50개국이 넘는 나라를 여행하고 깨달은 점은 삶에 정답은 없더라고요. 사람은 모두 다르기에 우리 개개인은 그 자체로 빛나는 사람이고, 세상은 이런 다양한 사람들이 모여져 있기에 더욱 다채로운 게 아닌가 싶어요.

삶에 정답이 없듯이 하나의 직업이 되기 위한 정답도 없어요. 6인의 작가님만 보아도 경험도 경력도 전공도 모두 다르죠. 하나의 공통점이 있다면 자신만의 색채가 담긴 글을 쓰고, 삶의 주인공으로서 자신만의 방법을 주체적으로 찾아 작가가 되었죠.

여러분들도 어느 누구와도 같지 않은 '나다움'을 사랑하며, 자신의 인생의 주인공으로서 자신만의 색깔로 길과 삶을 만들어가길 바랄게요.

▶ 베스트셀러에 오른 첫 책 <괜찮아 청춘이잖아>

이젠 잘 알고 있다. 인생에는 정답이 없다는 것을. 세상에 나가 본 틀린 삶이라 여겼던 것도 자신만의 정답을 만들어 가고 있었다. 세상에 76억의 사람이 있다는 것은 76억의 다른 삶과 색깔 그리고 정답이 존재한다는 것과 같다. 인생은 우리 모두가 처음 산다. 아무리 불안하고 서툴러도 내가 인생의 주인공으로 사는 삶, 그것이 정답 아닐까?

-도서 <괜찮아 청춘이잖아> 중에서-